CONTOS
ESCUTADOS ATRÁS DA PORTA

– antologia noir –

encadernação **LAB. GRÁFICO ARTE & LETRA**

capa e ilustração **FREDE TIZZOT**

revisão **CLARISSA GROWOSKI**

Autores: Assionara Souza, Carlos Machado, Carol Sakura, Cezar Tridapalli, Daniel Osiecki, Edilson Pereira, Eduardo Capistrano, Fabiano Vianna, Jaqueline Conte, Jonatan Silva, Luci Collin, Luís Henrique Pellanda, Luiz Andrioli, Marcio Renato dos Santos, Marília Kubota, Paulo Venturelli, Thiago Tizzot, Vanessa C. Rodrigues

---

C 763
Contos escutados atrás da porta / org. Carlos Machado, Fabiano Vianna, Jonatan Silva. – Curitiba : Arte & Letra, 2025.

152 p.

ISBN 978-65-87603-97-1

1. Contos brasileiros I. Machado, Carlos II. Vianna, Fabiano III. Silva, Jonatan

CDD 869.93

Índice para catálogo sistemático:
1. Contos: Literatura brasileira 869.93
Catalogação na Fonte
Bibliotecária responsável: Ana Lúcia Merege - CRB-7 4667

ARTE & LETRA
Curitiba - PR - Brasil
Fone: (41) 3223-5302 @arteeletra
www.arteeletra.com.br - contato@arteeletra.com.br

org.
Carlos Machado
Fabiano Vianna
Jonatan Silva

CONTOS ESCUTADOS ATRÁS DA PORTA

– antologia noir –

exemplar nº 215

ARTE E LETRA

Curitiba
2025

O que não me contam eu escuto atrás das portas

Dalton Trevisan

ÍNDICE

APRESENTAÇÃO

Como leitores, sempre admiramos e imergimos no universo da literatura noir/policial em suas diversas concepções. Quer seja o conceito clássico (no sentido cânone da palavra), no qual há um crime a ser investigado e uma narrativa que explora possibilidades nos prendendo até a revelação de toda a trama, como também as histórias que celebram o mistério, o clima incerto, e não necessariamente descrevem ou insinuam alguma forma de crime, em textos mais contemporâneos.

Muitos de nossos heróis literários, se não de forma exclusiva, já trilharam esses caminhos em seus trabalhos. Desde os fundamentais Edgar Allan Poe e Charles Baudelaire até autores mais próximos como Manoel Carlos Karam, Rubem Fonseca, Flávio Moreira da Costa, Marçal Aquino, Patrícia Melo, Agatha Christie, Paul Auster, Dalton Trevisan e tantos outros.

Entre 2020 e 2021, durante a pandemia da Covid-19, começamos a fomentar a ideia de escrevermos – a 6 mãos – histórias noir/policiais de modo a nos exercitarmos nessa literatura que, até então, víamos fundamentalmente como espectadores. Assim, pensamos em uma forma de seguir criando e nos manter conectados, justamente em um momento de recolhimento e medo social.

Essas tentativas de escrita nos levaram a pensar que, ainda mais conectados estaríamos se convidássemos outros/as autores e autoras para participar dessas criações literárias. E assim o fizemos.

Curitiba é o cenário perfeito para enredos de suspense – a atmosfera enevoada, sob brumas de mistérios e árvores esfíngicas. Conhecida mundialmente como a cidade que abriga o escritor-vampiro. E sabe-se lá quantos outros fantasmas... Do parque Alvorada aos assombros dos parques-pântanos. Das mulheres do cemitério às encarnações de Maria Bueno. Todo espelhinho de lanchonete ou poça de chuva revela uma diferente faceta de Philip Marlowe, C. Auguste Dupin, King Shelter, Mandrake, Espinosa.

Pois então, o que o leitor e leitora vai encontrar neste livro são contos escritos especialmente para esta coletânea (com exceção de "Porão", de Assionara Souza, lançado originalmente na revista "Lama"), que tematizam justamente esse clima noir/policial/mistério na cidade de Curitiba, concebidos por autores e autoras que, dentro de seu próprio estilo literário, debruçaram-se nesse universo.

É um livro-festa, uma celebração (ainda que, naturalmente, de forma parcial) de nossa literatura, de várias Curitibas que se encontram neste não-lugar atemporal.

Carlos Machado, Fabiano Vianna e Jonatan Silva

PORÃO

ASSIONARA SOUZA

Toda família curitibana tem um louquinho escondido no porão
Dalton Trevisan

(...) há histórias que não acontecem a qualquer um
Thomas Mann

Meus olhos refletem dois coiotes para tudo o que eu mire. Não há escapatória. Estou pronto para desconfiar de qualquer realidade. Afinal, os fatos são meras histórias bem inventadas que se repetem de boca em boca até que ganhem a consistência que sustenta os fenômenos. Por isso nem peço ao pior de vocês que acredite numa linha do que aqui está escrito. Mistérios da doxografia. Sou solidário aos descrentes. O certo é que ainda há aspectos bastante nebulosos desse enredo que se desfiará. Especialmente porque durante boa parte da minha vida andei me esforçando para enterrar para sempre certas memórias cruas – memórias de dor e sofrimento intensos. E por que agora eu me arrisco a revolver essa pesada massa de acontecimentos que fizeram de mim o sujeito mais cabreiro da face da terra? – vocês decerto me perguntariam. A resposta é bem simples e até certo ponto covarde. Estou por um sopro. Possível que não alcance sequer a próxima estação.

Olho dessa janela do casarão o canteiro repleto de margaridas. É como se as flores vaticinassem a mim. Sei bem. Neste inverno tenebroso e agourento, o meu corpo angustiado e mal vivido vai se despedir de vez desse falacioso mundo. Acho por bem me fazer próximo aos espíritos. Não quero levar nenhum segredo para o outro lado. Do contrário terei que mais uma vez retornar e, confesso a vocês, estou farto dessa mesquinhez existencial. Sendo assim, quando o velho Caronte recolher as duas moedas dos meus olhos, os coiotes já não estarão lá. E eu poderei cruzar por definitivo o rio do esquecimento.

O marco zero da minha aflição foi uma tarde de setembro, poucos dias depois de eu ter completado os meus trezes anos. Para mim, o filho da costureira mais séria do bairro, um dia como outro qualquer – mas que depois viria a se converter em um ponto sem retorno ao tempo de minha inocência. Nunca mais fui o mesmo. E digo isso porque em nada eu diferia dos garotos da minha idade. Gostava de colecionar álbuns de figurinha, jogar pelota e descer a toda velocidade o rampão no carrinho de rolimãs. Mas havia regras, já que éramos, eu e minha mãe, uma família completa. Não poderia nem pensar em me reunir com os amigos da rua sem antes fazer alguns serviços para ela.

Naquele tempo era tudo na base do bilhete. Telefone era artigo de luxo que só servia para recados sobre morte ou doença grave. Cheguei em casa, troquei correndo o uniforme e fui confirmar a tábua de bilhetes. Quantos ali estivessem, significavam o tanto de trabalhos que eu deveria fazer. Devo dizer que não era bem uma tábua, mas um pedaço de compensado que minha mãe revestira com folha de cortiça. Ficava pendurado ao lado da gaiola do canário. Depois de limpar bem a gaiola, trocar a água e o alpiste do pequeno, era para os bilhetes que eu deveria voltar minha atenção. Tínhamos um código. Minha mãe usava o alfinete de bolinha vermelha quando o serviço era sério e urgente. E lá estava um daqueles numa folha de caderneta que pareceu ter sido destacada às pressas. *Dona Irlívia, peço que me envie algumas Burdas para apreciação. Ass. Sra. Gertrudes.*

Logo abaixo, na minha antiga cadeirinha de bebê, estava a encomenda. Eram revistas alemãs, caras e difíceis de encontrar. Poucas costureiras na cidade tinham essas preciosidades. E minha mãe emprestava somente para algumas freguesas que ela sabia que poderiam tirar dali algum modelo e pagar à vista pelo trabalho. A Sra. Gertrudes era uma dessas. Uma mulher que se orgulhava de andar sempre na moda. Sapatos, vestidos e bolsas. Tudo de boa combinação. E minha mãe dizia sempre que ela tinha mais roupas do que usava.

A Sra. Gertrudes morava sozinha no velho casarão no final da rua. A construção parecia nunca ter sofrido uma única reforma. Uma murada de pedras um tanto baixa circundava toda a frente da casa, enquanto nas laterais erguiam-se dois paredões altíssimos, como se houvesse interesse em evitar que olhares de fora pudessem alcançar o espaço interno da casa. Desse modo, somente tínhamos a vista da fachada, donde podíamos vislumbrar a escadinha de corrimão de ferro que dava acesso para a porta da frente – pelo espaço fechado abaixo dessa escada frontal, imaginei que havia ali alguma espécie de porão, com entrada pelos fundos do casarão. À esquerda, ficava uma área livre que bem caberiam uns três carros; e depois desse recuo havia uma garagem fechada com porta de correr que servia somente para abrigar o *Kharmann-Guia* amarelo com que a Sra. Gertrudes saía para o bingo às sextas-feiras – aliás, um dos poucos passeios que costumava fazer.

Era inevitável que um arrepio corresse minha espinha quando eu tinha que caminhar até o fim da rua para resolver algum assunto de minha mãe com a Sra. Gertrudes. E nessa tarde não foi diferente. O velho portão rangeu sem nenhum alarde excedente. A Sra. Gertrudes era, ela mesma, o cachorro da casa. Fechei o ferrolho devagar para ganhar tempo e ver se ela aparecia e assim eu pudesse entregar dali de fora mesmo a encomenda. Mas nada aconteceu. Passei pelo canteiro de flores murchas que denunciavam a ausência de qualquer cuidado. Subi os sete degraus da escada frontal e apertei a campainha. Nenhum sinal lá de dentro. Resolvi então bater com toda força os nós dos meus dedos na porta. Também não surtiu efeito.

Lembrei do alfinete de bolinha vermelha: *assunto sério e urgente*. Não tive dúvida de que era preciso sem falta entregar aquelas *Burdas*. Caso não o fizesse, tampouco poderia ir brincar com os meus amigos.

Desci novamente a escada e dei a volta pela esquerda. Rente ao casarão e a quina que iniciava a garagem, havia mais uma pequena escada. Esta que dava para o piso rebaixado. Era como se eu estivesse numa daquelas gravuras de Escher, pois nesse pequeno quintal, entre latas de lixo e varais de roupa, me deparei com outra escadaria que provavelmente me levaria à cozinha do casarão. Logo abaixo dos degraus, exatamente como eu suspeitei, estava o porão. Sua porta entreaberta me convidou a investigar.

Em todo o caso, achei por bem não fazer qualquer barulho. Arrastei bem devagar a folha da porta. Um cheiro pesaroso e quente veio em lufadas lá de dentro enquanto dois gatos rajados aproveitaram a pequena abertura para escaparem dali imediatamente. Eu poderia ter simplesmente largado a sacola amarela com as *Burdas* ali mesmo naquela mesa suja de porão. Depois era só grudar um bilhete na porta da frente e me mandar. O fato é que eram revistas importadas e minha mãe pagava caro por elas. Em passos cuidadosos, resolvi enfrentar o meu destino. E que cena não foi a que eu vislumbrei em seguida. No mínimo aquilo me pareceu um cárcere medieval. Com a diferença de que se tratava de uma bela prisioneira.

A moça parecia desmaiada. Estava nua e praticamente suspensa por grossas correntes que pendiam de um torno próximo ao teto. A pele branca deixava evidentes as marcas vermelhas das feridas de sua intensa luta para se desvencilhar daquela prisão. As pernas mantinham-se afastadas. Cada um dos tornozelos também estava marcado pelo ferro das correntes. Ao lado, uma banqueta com um desses *kits* cirúrgicos onde constavam, como depois pude conferir melhor, um elástico grosso desses usados por enfermeiros, um estojo de injeções e dois frascos distintos. O primeiro com um resto de líquido leitoso. E o segundo, completamente vazio. Além disso, uma enorme seringa ainda flagrando um tanto de sangue em sua ampola. Também ali perto, uma bacia dessas de alumínio cheia de água ensaboada e uma boa esponja.

Isso tudo eu pude vislumbrar muito rapidamente, pois a Sra. Gertrudes apareceu de um recinto mais escuro com os cabelos emaranhados e um ar completamente lunático. Trazia duas toalhas limpas. Como eu não pronunciei uma única palavra, ela se dirigiu seriamente a mim e me entregou a toalha menor. Tarde demais para confissões. Pediu que eu a ajudasse a enxugar o corpo da moça. Deixei a sacola com as revistas numa cadeira ao lado, sempre vigiando para que não sumissem dali, e fui fazer o que a Sra. Gertrudes me pediu.

Eram pés bem delicados os da moça. Apesar de estarem um tanto inchados e as unhas mal cortadas, como se tivesse sido tudo feito às pressas. A toalha branca ficou embebida de sangue. Era estranho que a Sra. Gertrudes achasse normal que um garoto de treze anos estivesse apto a enxugar o corpo daquela moça em suas superfícies mais delicadas. De minha parte, tentei agir como se tudo fosse parte do serviço de que fora incumbido. Subi a toalha entre os joelhos da moça e qual não foi o meu susto quando do meio daquela pentelhama ruiva pendeu uma bolha grossa de sangue.

A Sra. Gertrudes era rápida em seus movimentos. Parecia temer que a moça acordasse e não fosse mais possível completar toda aquela tarefa. Pegou algumas faixas que serviram de roupas íntimas e enlaçou as longas tiras nas curvas do corpo da moça. Não sem antes resolver com um tampão o sangramento que caía em bicas resvalando em minhas canelas que tremiam sem se conter. Agora era a vez do vestido. Um belo vestido que certamente havia sido tirado de um dos modelos da *Burda*. Sem dúvida, eu já vira aquele tecido lá em casa dançando na *Singer* da Dona Irlívia.

Àquela altura eu já não estava ajudando em nada. Somente fiquei segurando as duas toalhas cheias de sangue e imaginando que minha mãe por certo contava que eu estivesse em minha habitual exibição de coragem descendo o rampão com os outros garotos. Pendente aos meus pensamentos, um translúcido fio de baba equilibrou-se à altura da minha boca. Ergui minhas vistas e fui atingido pelo olhar mais doce da face da terra. A moça havia acordado e estava quieta me olhando.

A Sra. Gertrudes voltou comigo pra casa. Devo dizer que não trocamos uma sílaba ao longo de todo o percurso. Da conversa demorada que ela teve com a minha mãe resultou num contrato para que eu cuidasse de seu jardim em troca de um ordenado.

No começo eu ia somente uma vez por semana. Mas, aos poucos, já havia me tornado uma espécie de pau pra toda obra da Sra. Gertrudes. Encarregado, inclusive, de cuidar pessoalmente da moça que era guardada no porão. Felice, seu nome. Irmã mais nova que a Sra. Gertrudes manteve afastada do convívio público para evitar desavenças por questões de herança.

Depois da morte de minha mãe, as minhas conversas com Felice resultaram bastante promissoras. Ambos decidimos que era hora da Sra. Gertrudes descansar um pouco.

E o plano foi posto em prática.

O sono pesado da Sra. Gertrudes não evitou que, no auge da incisão profunda da agulha em seu braço, ela acordasse num súbito arregalo de olhos. Os dois últimos e satisfeitos espécimes que avistou em vida fomos eu e Felice.

Aquela noite trabalhamos sem trégua no canteiro de flores. Obviamente que, sem faltar com a elegância e bom gosto da Sra. Gertrudes, antes de enterrá-la tratei eu mesmo de confeccionar o mais belo traje tirado de uma das antigas *Burdas* de minha mãe.

Vocês podem até questionar se ninguém da rua deu por conta do desaparecimento da Sra. Gertrudes. Acresce que os moradores daquele bairro eram outros. E a própria paisagem da rua havia se modificado. O velho casarão era um monumento decadente e isolado, embora bastante cobiçado pelos ratos do mercado imobiliário. Ao longo dos quarteirões estendia-se uma fileira de condomínios de luxo repletos de crianças esquizofrênicas por trás de um desses Playstation querendo ver o sangue de alguém correr na tela plana.

Os meus meninos ruivos hoje estão todos crescidos e também habitam os porões do mundo mal. Quanto ao canteiro de margaridas, nunca deixaram de brotar belas flores em seu viço de morte. Eu não poderia mesmo esperar até a primavera.

Assionara Souza nasceu em Caicó/RN e foi radicada em Curitiba/PR. Formada em Estudos Literários pela Universidade Federal do Paraná em 2003, foi pesquisadora da obra de Osman Lins (1924-1978). Fez o mestrado e o doutorado também na UFPR. Autora dos volumes de contos *Cecília não é um cachimbo* (2005, ed. 7 Letras), *Amanhã. Com sorvete!* (2010, ed. 7 Letras), *Os hábitos e os monges* (2011, Kafka Edições), *Na rua: a caminho do circo* (2014, ed. Arte e Letra) — contemplado com a Bolsa Petrobras, 2014; entre outros. Sua obra foi publicada no México pela editora Calygramma. Participou do coletivo Escritoras Suicidas, entre outras atividades. Faleceu em Curitiba em 2018.

LEVAR PEDRAS E PECADOS

Carlos Machado

Agenda: apedrejamento, sábado 14, 8 da noite, Praça de Nossa Senhora – para evitar mal-entendidos, levar pedras e pecados
(**"Godot é uma árvore" – Manoel Carlos Karam**)

Quando alguém o puxou de volta para a sala de triagem, uma fotografia encontrada junto da sua calça revela uma menina com um sorriso tímido, querendo esticar a pele das pálpebras, mas ofuscada por um olhar profundo, perdido. Está encostada no que parece ser uma porta de madeira pequena com uma janelinha que serve para deixar uma tigela de comida. Essa foto não existe mais, jogada em uma caixa de pertences que ficaria guardada até o dia em que pudesse sair por aquela janela, abrir as asas e voltar para as copas das árvores que circulam a Praça Osório, no centro de Curitiba. Alguém decidiu que não tem direito às lembranças e nem memórias. Há de se eletrocutar o pensamento para converter-se em um homem com ideias gentis, comunitárias, deturpando os movimentos enclausurados, fechados em si próprio. Mas de nada adianta, pensa o homem: usar o fogo para queimar a caixa, para apagar a memória e a deixar em lapsos, sem saber o que realmente foram fatos ou invenções. Sem a fotografia de papel é necessário alimentar o cérebro para que se crie as sinapses das histórias, falsas e reais. Basta misturá-las todas, com areia, calcário, barrilha e as devidas cores a uma temperatura altíssima, moldá-las de forma simétrica a fim de obter alguns modelos desejáveis de sinapses, fazer os arremates e transformá-las em utensílios de vidro: um vaso, de modo a usar as novas memórias inventadas como flores que se colocam neste vaso.

Mas meu senhor, estou te dizendo, era ela e eu, ninguém mais. Eu precisava proteger essa pequena, não tinha como deixar a menina solta pela casa. Às 7 horas da manhã já na frente desse forno. O dia inteiro misturando a areia, o calcário, a barrilha e os corantes em alta temperatura, mergulhando as barras de ferro para girar no ar, contorcer o braço até o formato de um vaso, de um copo, de um prato translúcido. Bastava um pequeno descuido para uma gota de fogo queimar o braço, arrancar um tufo de cabelo e fechar os olhos para sempre. 50 dias sem acidente de trabalho. Girar mais ainda para as voltas detalhadas de um vidro qualquer, outros corantes para mesclar em um pedaço da haste da xícara. 100 dias sem acidente. E a pequena poderia ficar sem o pai a qualquer momento, na fila do Hospital Evangélico, referência em queimadura, da mesma forma como aconteceu com o Manuel quando perdeu o foco e olhou para trás porque alguém espirrou. 60% do corpo queimado, virou estátua, 10 dias internado, difícil era virar de um lado para outro, derrubava a sopa no lençol, tinha que cobrir com o travesseiro. E se fosse comigo, com quem a pequena ficaria? Eu e ela naquela casa, ninguém para acudir. Gritar para os vizinhos escutarem? Qual deles? Seu Januário não escuta se uma sirene soar dentro de seu ouvido, e ainda não seria capaz de sair correndo de sua casa com um par de muletas capengas. Do outro lado da rua, Dona Joana sentiria muito o que estava acontecendo, mas gritar para Deus em nome de Jesus ajuda a quem? Glória senhor, aleluia meu cristinho, o dia inteiro para todos os lados naquela cozinha, no banheiro, debaixo da cama, pendurada na lâmpada do teto. Mas se eu precisar de um pouco de sal, vira as costas e fecha a porta. Sou pecador, não tenho o direito de pedir por ajuda. Tenho uma nossa senhora colocada perto da porta da sala; ela me protege, mas sempre jogada no chão quando volto do trabalho. Dona Joana chegou a escrever um bilhete: imagens santas são coisas do malvado, não se deve adorar uma imagem de gesso, Sr. Pedro. No início até que tentei de outra forma, mas maltratada na creche: ela tem piolho, o senhor precisa cuidar dessa menina, caso contrário precisaremos chamar o Juiz. O que são essas manchas no bracinho esquerdo dela? Mas que desconfiança era aquela? Nes-

sa idade não é normal ter piolhos? Os cabelos embaraçados, vamos cortar. Essa professora não era a dona da pequena. Não pode ter o cabelo que quiser? Eu e ela. Minha menina tem culpa? Até trouxe o Milô para morar dentro de casa. Achado do lado de uma árvore na rua de cima, todo molhado. Um presente para você, meu anjo, igualzinho aquele desenho que você tanto gosta. Posso deixar ele aqui e você cuida até eu voltar? Preparava comida para os dois, não entendo como dizem o contrário. Arroz, feijão. Comida de gente no pratinho para os dois. O que eu deveria fazer de diferente? Tão frágil! 50 dias sem acidente. Até aquele outro dia em que alguém passou desatento entre os vidros empilhados. Corte profundo. Pensei: preciso deixar mais comida caso não consiga voltar no fim do dia. Passar no hospital, esperar até ser atendido e nisso já era de madrugada. Quando cheguei estava dormindo agarrada no Milô. Um anjinho dormindo. Estava segura. Garantia. Sentei na frente da santa recolhida aos pedaços pela milésima vez: graças a Deus.

Sem paciência para ouvir essa ladainha. Ninguém perguntou por que o homem fazia isso ou aquilo: você fique quieto neste canto e vai arrancando sua roupa. Alguém pede ajuda para segurar suas pernas e o empurra para debaixo do chuveiro. É preciso tirar a poeira e o sangue de suas mãos, limpar sua boca imunda e arrancar as unhas dos dedos das mãos e dos pés. Raspe as sobrancelhas. Dessa forma, alguém obedece e o empurra com a botina dando coices até deixá-lo embaixo da água gelada no inverno curitibano, nem um grau acima do frio cortante que grita na alma de cada cidadão dessa cidade cinza. Ele grita devido ao choque térmico. Paralisa o corpo: é uma dor que transborda por inteiro, pela pele, fazendo com que tivesse vontade de obrar, perder tripas do corpo, mijar sangue, mesmo sem saber se isso seria possível. Evacuou de dor. Trouxeram ainda a navalha para tirar os pelos restantes de seu corpo e do cabelo. E daí que está frio? Não a deixava ao relento mesmo quando chovia? Com que coragem reclama desse banho de agora? Não era nos finais de semana que resolvia cortar seus cabelos sem direção, apenas pelo prazer de experimentar caminhos? Alguém pede para trazerem dois cabos, um negativo e outro positivo, o equilíbrio matemático, o ponto de zero que anula a força, para experimentar debaixo da planta de seus pés. Eles são plugados do outro lado diretamente na corrente 220W. Não há perguntas de ninguém, isso aqui não é um interrogatório, é um sonho, meu caro, é uma invenção, uma tentativa de te deixar invisível. É apenas uma preparação. E se depender de mim, terá apenas uma chance.

No final de semana sentávamos juntinhos na frente da TV e passávamos o tempo todo vendo desenhos animados. Eu, ela e o Milô deitado no chão embaixo de seu paninho. Sinto falta da sua gargalhada, era como se o mundo fizesse sentido em seu sorriso. Fecho os olhos agora, atordoado, mas me equilibro no que me dizia quando estava à vontade em casa, comentando como tinha sido seu dia. É certo que sempre prestei muita atenção para não amarrar com muita força a corda nos pés e nos braços, deixava sempre uma folga considerável para que ela pudesse fazer carinho no Milô, pegar água e poder brincar construindo castelos de areia. Quase todas as noites trazia areia fresca da fábrica, algumas coloridas, assim poderia pintar as janelas, as portas e até construir árvores ao redor. É verdade que ela me perguntava: porque não posso ir para a escola? Filha, vou te deixar alguns livros, papéis e lápis coloridos, assim você consegue aprender os nomes das cores, as formas das palavras, não precisa ir para a escola. No sábado vou te ajudar com a tabuada: precisa saber fazer continhas, isso é importante. Depois do desenho ainda sobrava tempo para brincarmos com esses cadernos. Ela fazia cada desenho mais lindo! Sabia fazer contas de cabeça e estava aprendendo muito mais do que se estivesse indo para a escola. Piolho! Como assim? As crianças nessa idade pegam piolho, é normal. Vamos cortar os cabelos neste fim de semana. E virava uma festa tremenda. Ela sentada em sua cadeira de quando era bebê, com uma almofada alta, em frente ao espelho, e começava a cortar do jeito que ela via nos desenhos. Quando percebemos, já era dia de rodopiar as barras de ferro soprando o calor na areia para construir os copos, as taças, os pratos e os vasos. Quantas vezes não trouxe flores para a pequena? Ela adorava! Mas não todas, algumas faziam cócegas na garganta e ela passava a noite espirrando. Era só trocar a terra e colocar outra planta no vaso que eu fiz só para ela, o mais colorido. Qual cor você quer que eu traga amanhã? Todas as cores! 100 dias sem acidente. E alguém dizia que nunca mais tinha visto a menina, onde ela está? Foi passar alguns dias na mãe. Sim, senhor, eu tive que mentir algumas vezes. O que essa gente queria? Quando podem ajudar, não o fazem, mas querem se meter onde não foram chamados? Se alguém se aproximar da minha casa, vou cortar. Amarro mesmo: as duas mãos, os pés. Mas deixo muita folga para poder pintar os desenhos. Eu tinha que fazer isso, não havia outra opção. É certo que por vezes ficava com feridas em carne viva nos punhos, e não era por falta de aviso. Pedia sempre para não tentar se soltar! O Milô, sempre limpinho, lambia as feridas dela quando estavam machucadas, e logo cicatrizavam. Se alguém se aproximasse daquela casinha, ele latia forte até a pessoa se afastar com medo de ser atacada. A menina entendia, sabia que estava tudo bem. Posso garantir. Quando me via no final de tarde, corria para me abraçar. Eu a soltava, desamarrava as cordinhas dos pés e a deixava entrar em casa. Então era uma diversão só! Era lindo ver como ela ficava feliz em poder subir na banquetinha da cozinha e me ajudar a cozinhar: fazia carinhas felizes nas batatas, brincava com o macarrão e se sujava inteira com o molho de tomate. E sempre sobrava para o Milô a melhor parte, quando tinha carne, era ele quem comia mais do que todos nós!

Fique quieto e pare de balbuciar essas histórias, não estamos querendo saber nenhuma realidade inventada que nos conta. Simplesmente não estamos ouvindo, ouvidos tampados. Alguém que estava quieto encostado debaixo de uma das camas de cimento levanta-se abruptamente e coloca uma camiseta molhada com álcool e o cala. Não é possível ouvi-

-lo mais. Não entendeu que isso aqui não é um interrogatório? Acho que você já teve tempo suficiente para criar sua história, estou enganado? É sempre uma questão de escolhas: para qual lado ir? abrir ou fechar uma porta? pular pela janela? Construir uma máquina do tempo para voltar para trás? Aqui pode ser tudo, menos uma saída para alguma parte. O fim. Por que não parou na sinalização, olhou para os lados antes de cruzar a linha do trem? Agora vai ficar do mesmo jeito que deixava ela, mas te garanto que não terá televisãozinha ou um cachorro para afastar as pessoas, você será servido para os leões, meu caro. E não adianta fazer cara de coitado, porque coitado você não é. A consciência nem sempre é assertiva, por vezes são os instintos que controlam o que cada um faz na vida; em outras circunstâncias temos o controle do que queremos, mas dificilmente nos damos conta do que acontece, até que nos olhamos de fora: é preciso que batam na nossa cara e pisem em nosso corpo até doer a alma. Quebrar os cacos de vidros em centenas de pedaços e espetá-los nos poros para evitar a respiração. Fique quieto. Não fale mais.

Meu senhor, era ela e eu. Ninguém mais. Claro, e o Milô que veio depois. A antiga professora estava me irritando, não bastasse o piolho, o corte de cabelo e as marcas no punho, queria saber onde estava sua mãe. Aí tocou em um assunto sagrado. Nesse momento tomei a decisão de deixar a pequena protegida do meu lado. Arrumei a casinha de cachorro que temos no quintal e ali virou o castelo da menina, só dela, de mais ninguém! Como assim quer saber da mãe? Invisível, minha senhora. Simplesmente desapareceu, se esvaiu, escafedeu-se sem deixar pó nem rastro. Dizem que voltou para a casa de algum parente longe daqui, talvez atrás do Morro do Cal, não muito distante, ou então na ponta final do último estado brasileiro. Quem sabe? Quem quer saber? Nunca existiu. Eu faço o papel dela para minha menina, não tem problema. É minha garota. Sei como tem que ser feito. Possivelmente não esteja mais debaixo da terra onde a deixei, a força da água deve ter levado o corpo para longe. Comida para as piranhas do rio. O sangue atrai os peixes carnívoros e eles não querem saber quem era e o que estava fazendo com as pernas balançando metade dentro do rio, metade jogada no barco. Mas o que ela queria? Tirar a menina de perto? A minha pequena! Com que direito? Todo dia fazendo vidro para sustentar a casa e ainda ir embora levando meu bem maior? Como eu ficaria sem ver os desenhos do pôr-do-sol que ela fazia em dias de sol, ou então os desenhos cinzas da chuva de Curitiba? As risadas nos desenhos noturnos. Não saberia continuar a vida sem ela por perto. Nunca mais encostei um dedo em sua mãe, desaparecida, levada pelas maritacas que invadiram o bairro. Não sabia disso? Acorde cedo e fique prestando atenção como cantam, a forma que ameaçam invadir sua janela. Basta empurrar as cortinas para elas entrarem e levarem quem estiver pela frente. E foi em um desses dias que não mais a vi sentada na mesa me esperando com o café preto feito, minha pequena. Os vidros já não faziam sentido. Precisei correr por todas as ruas ao redor, copas de árvores e pelas margens dos rios Ivo e Belém. Encontrada sentada em uma sarjeta acendendo um cachimbo de pedra com a pequena. Isso não diz respeito a ninguém, era preciso. Não me lembro como foi. Apenas invisível. Nem sombra do que era. Sua mãe encantou, minha pequena. Mas construí a casa de bonecas para você ficar me esperando chegar do trabalho: trago um vaso colorido com flores para todos os dias enquanto desenha nesses papéis. Aqui tem comida. Entra ali que vou tirar uma fotografia para lembrar de você quando estiver soprando a areia escaldosa. Sim, senhor, não tive outra opção, já te expliquei, era preciso amarrar os braços e as pernas, mas somente durante o tempo em que estava ausente. Sou trabalhador! Não vê? 30 dias sem acidente. Era perto, só não podia me cortar.

Ele é colocado no chão, de volta à sala de triagem, amarrados os pés e obrigado a andar arrastado até o corredor para onde estava sendo arrastado. De alguma forma, a comunicação nesse lugar só acontece com gestos. Ninguém precisa dizer nada para que todos entendam o que esse homem havia feito e o que aconteceria na sequência. Prático: basta olhar para baixo, onde não tem nada, abrir os braços e deixar-se empurrar para que possa flutuar para fora de cena e perceber o que havia acontecido. Todos saem de perto, sobem uma escada na lateral do pátio e ficam atrás de uma redoma de vidro enquanto apontam para o homem. 0 minuto sem acidente. Mas não entenda errado, não é o fim de nada, apenas uma transformação. A areia, o calcário e a barrilha continuam mesmo se em forma de vidro, e a cor só depende de qual e quantos corantes queremos usar. A escolha é sua.

Posso explicar. Não é verdade, nunca encostei a mão nela. Mas uma vez precisei tirar sua blusinha. Estava sufocada. 39 graus de febre. Suava tanto que a roupa estava atrapalhando para respirar. Foi o que fiz. Passei um paninho pelo corpo, secando o suor. Dona Joana não tinha que ter invadido meu quintal e entrado na minha casa daquele jeito. Eu só pedi para o Milô defender a pequena. O que ela queria? Levar a menina dos braços do pai? Eu não toquei nela, era pequena. Só queria limpar o suor. Me entenda! Essa é a verdade. Por que eu estaria mentindo? O Milô quase arrancou a mão dessa mulher, eu sei, mas foi culpa dela mesma. Não tinha que ter pulado o portão. Ela escutou o grito da pequena? Mas ela não gritou, estava dando gargalhadas, delirando com a febre. Neste dia, foi a única vez que me esqueci de soltá-la quando cheguei do trabalho. Confesso, estava tropeçando. Sou humano, senhor, eu tenho minhas recaídas. O Manuel saiu do hospital e quis comemorar que estava bem de saúde novamente, devo ter tomado uns goles a mais. Já fazia tanto tempo! Era só um pouco de alegria. Cheguei e fui direto para a cama. Mas a primeira coisa que fiz, pela manhã, foi buscar a criaturinha: muita chuva à noite, deve ter sido isso, pegou friagem e um resfriado forte. Febre. Tive que abrir o casaco. Dona Joana deveria ter ficado na sua casa, ninguém a convidou para entrar. Nossa senhora em pé na frente da porta, ela passou pela imagem e deu um chute antes de invadir minha casa.

Milô foi certeiro nela. Quem mandou? E a pequena cada vez mais febril. Foi a chuva. Coloquei a mão no coração para ouvir as batidas. Em cima do peito. Pequenos. Desamarrei as cordas, entramos. Vamos assistir seu desenho favorito, pequena! Acorda, está na hora. Hoje daqui não saio. Do seu lado o dia inteiro. Tome um banho, lave as feridas. Senhor, não tive outra opção.

Com um pouco de areia, calcário, barrilha e corante, o homem é colocado em um forno a 1.600ºC, e de lá só sairá depois que ficar translúcido, como um vaso com flores opacas.

Carlos Machado nasceu em Curitiba, em 1977. É escritor, músico e professor. Publicou os livros *A voz do outro* (contos 2004, ed. 7Letras), *Poeira fria* (novela 2012, ed. Arte & Letra), *Era o vento* (contos, 2019, ed. Patuá) entre outros. www.carlosmachadooficial.com

UM PASSEIO

CAROL SAKURA

O telejornal resmungava sem parar, embalando com tragédias os pensamentos de Natália. Hoje, Seu Carlos, o patrão, tinha saído para uma consulta e ela podia relaxar um pouco da vigilância de assalariada. Apoiada no balcão, ela quase cochilava imaginando o quanto podia disfarçar o sono sem ser flagrada no meio do trabalho. Despertou com as batidas no balcão que clamavam por mais um cafezinho. Cliente de sempre, seu Augusto da lotérica passava parte da manhã ali na padaria, voltando logo para o almoço também. Talvez passasse mais tempo ali do que na própria lotérica. As atendentes do balcão de lá que cuidassem de tudo. Seu Augusto já tinha ares de aposentado e uma conversa que sempre envolvia algum tipo de pássaro.

— Viu isso, mocinha? Contaram mais uma desaparecida aí no jornal.

— Credo, Seu Augusto. Onde foi dessa vez?

— Parece que foi perto do Passeio Público de novo. Ficou só o sapato da moça de rastro. Foi semana passada que sumiu a última. Estudante, deixou o pé direito do tênis de lembrança.

— Será que é como aqueles assassinos dos filmes? Que fazem os crimes sempre do mesmo jeito e tem sempre história de problema com a mãe?

— Tá fraco esse café, dona Natália. Pra mim tem que ser do tipo que nem pombo prova.

— Vou passar outro, pode deixar.

— Mas sobre o homem, os jornais já tão gostando. Apelidaram de o Maníaco do sapatinho. Vê se pode! Se cuide quando sair a noite, menina.

— Sempre me cuido. Tenho companhia pra ir comigo até o ponto quando ando de noite. Não me arrisco.

— Você pega o Inter dois?

— Sim, não fica longe.

— Entendi. Faz bem, menina. Esse mundo anda perdido.

Muitas desgraças habitavam o noticiário, como sempre. Mas essa, essa parecia próxima demais para Natália. Os sumiços eram todos por ali, perto do Passeio Público, onde a moça trabalhava, estudava e pegava o ônibus tarde da noite para voltar para casa. Marilda, sua colega de balcão, vivia até nervosa com as notícias e mudava o canal quando aparecia algo sobre o Maníaco do sapatinho.

— Naty, troca logo de canal! Dá só uma olhada nas minhas olheiras, olha o meu estado. Tive um pesadelo de novo com essa história.

— Ah, é? Me conta.

— Então, sonhei que eu ia no depósito lá no fundo e encontrava um monte de sapato espalhado, tudo de um pé só. Quando eu ia sair, a porta tava trancada e aí já não era o depósito mais, era o banheiro da minha casa e tinha alguém tomando banho. Acordei gritando!

— Jesus, Marilda. Que agonia. Jantou muito tarde? Isso costuma me dar pesadelo.

— É essas notícias!

— Por favor, eu quero um pão de queijo — pediu uma senhora perto do balcão apontando para a estufa dos salgados.

— Pega pra ela, Naty. Tenho que repor os refris.

Natália entregou o salgado, limpou uma das mesas e conversou um tempo com Soraia, que vendia Avon. Sua cabeça permanecia nas notícias e no perigo que parecia sempre rondar sua juventude. Por ela mesma, nem temia tanto, achava que sabia se cuidar. Mas sua irmã Clarice estudava ali perto, no Colégio Estadual. Achava Clarice uma tontinha, e alunas estavam entre as vítimas. Duas moças do turno da tarde estavam desaparecidas, ainda.

Natália e a irmã costumavam almoçar juntas, pois tinham uma pequena conta no caderninho da padaria. Ali também serviam salgados e pratos feitos. Como jovens que eram, costumavam trocar a comida de verdade por uma coxinha para o almoço. Naquele dia Clarice atrasou, deixando Natália ainda mais irritada que o normal. As duas tinham quase quatro anos de diferença, o que não impedia brigas das mais infantis e vaidosas. Existia um instinto materno um tanto torto em Natália que não era bem recebido pela irmã. As duas moças aparentavam, às vezes, mais que os vinte e dezesseis anos que tinham, respectivamente. Só a voz um tanto infantil denunciava a inocência daqueles corpos bem resolvidos e costumeiramente elogiados. As duas tinham toda a beleza e disposição para as brigas mais exaltadas.

— Isso é hora? Sabe que tô desde cedo acordada sem comer. Tava de papo com quem, Clarice?

— Oi pra você também. Só pensa no seu umbigo, né? Eu fiquei falando com a Mari, te disse como ela anda triste. Mas nem vou falar nada, você não se importa.

— Você é boazinha demais, qualquer um te faz de boba. Se vai atrasar, custa avisar? Assim não penso que você morreu, foi atropelada. Ei, você tá usando o meu casaco de novo?

— Que chatice, tô aqui. Se tava preocupada devia estar feliz de me ver. Só sabe xingar, não empresta suas coisas... Esse casaco vermelho é tão lindo, posso usar só amanhã de novo?

— Você é muito folgada. Nem tá tão frio assim.

— Eu nunca te peço nada, só mais amanhã. Eu cuido dele. Pedro falou que eu fico bonita de vermelho.

— Clarice, se você sujar eu te esgano, hein? E não se faz de vítima pra mim, guria.

Seu Augusto, para variar, estava às voltas, bebericando mais um café e aproveitou para interferir na discussão.

— Êh, mocinhas! Parecem, as duas, dois passarinhos exaltados com essa cantoria. Natália sabe que assim, nessa idade, todo mundo é meio sonhador.

— Ô seu Augusto, descola da Natália pelo menos na hora do almoço dela — interferiu Marilda, que não tinha medo de destratar alguns clientes.

A vontade de Natália também era ofender Seu Augusto, mas não podia. Só queria encerrar logo o assunto e fechar a porta aberta para o palpite que o velho avistou.

— Pois é, seu Augusto, coisa da idade. Eu com fome fico mal-humorada. Vem, vamos na mesa do fundo, Clari.

— Você não gosta mesmo do velho, né? Eu acho ele querido. Sempre educado — disse Clarice assim que se afastaram e começaram a lanchar.

— Viu como é folgado? Todos são, na verdade. Parece até que tô no cardápio.

— Você anda mesmo com cara de coxinha, mulher.

— E você anda querendo morrer, é? Falando sério. Viu que sumiu mais uma pessoa aqui perto? O tal do maníaco de que falam no jornal. Quando você não vem eu já penso nisso. Sei como você anda contando as nuvens por aí.

— Ai, Naty! Você anda vendo notícias demais! Eu acho que essas meninas fugiram, isso sim.

— Não custa cuidar. Não ficar no celular, vê se não tem homem andando perto quando tá sozinha. Sempre procura alguém pra te acompanhar até pegar o ônibus, por favor.

— Mas não se preocupe, sempre tem alguém indo junto. Aproveitando, amanhã já aviso que não venho almoçar com você, tá? Vou almoçar com a Rita. Ela pediu minha ajuda na prova de sexta.

— Lá vai a Madre Tereza, ajudar de novo. Qual é essa? Aquela do cabelo azul?

— Não, essa é a Mari, a Rita é loira natural. Aquela que você falou que não tem bunda, lembra?

— Ah, eu lembro. Só... me avisa quando chegar, tá?

O dia seguinte veio mais escuro que o normal para Natália. Foi difícil acordar, fazia um pouco de frio e a umidade deixava tudo desconfortável. Pairava uma promessa de chuva nos sons que vinham do quintal. A moça tinha de chegar cedo na padaria e o sol teimava para nascer, como se soubesse que hoje o mundo seria cruel de novo.

Foi um dia bem comum no trabalho. Glória, do brechó, apareceu mais cedo e estava chorosa porque brigou com o marido, novamente. Todo mundo reclamou que o pão estava muito escuro e foi uma chatice. Seu Augusto não apareceu, e Cleide, sua funcionária, falou que devia ser culpa da tosse de novo. O mais exótico daquele dia foi a visita de dois policiais. Um bem gordo e loiro e outro de olhos verdes, porte forte e imponente. A presença deles deixou o espaço em suspenso por um tempo e cheio de cochichos. O investigador de olhos verdes se identificou como Roberto, no outro, Natália não prestou muita atenção. Eles estavam na região colhendo depoimento das pessoas em busca das vítimas, claro, do Maníaco do sapatinho. Os policiais não queriam comentar, mas o jornal já havia contado que partes de um corpo foram encontradas no canal do Rio Belém. Eles fizeram perguntas, tranquilizaram as moças e deixaram um cartão com contato. Natália fez questão de guardar consigo o cartão do investigador Roberto, do mesmo modo que fez com os olhares demorados que ele ofereceu. Precisava contar para Clarice sobre isso. Ela, àquela hora, devia estar saindo da casa da tal da Rita.

Natália ligou, mandou mensagem, mas não teve resposta. Era estranho a irmã nem visualizar, mesmo que não respondesse. Imaginou que tipo de malandragem a outra podia ter feito. E se tivesse com algum moleque? Mas não acreditava mesmo nisso porque Clarice costumava falar até demais de seus romances, sempre tão dramáticos, de uma canceriana com ascendente em peixes. Só se fosse algo muito reprovável ou, sei lá, drogas. Quem não pensa sempre em drogas como um demônio encarnado para a juventude, afinal? Só que Clarice era até mais chata para isso que Natália e ficava emburrada quando a irmã bebia ao seu lado, mesmo que só uma cerveja.

Estava preocupada, mas duas xícaras quebradas distraíram a funcionária do mundo além da padaria. Um moço bêbado também criou uma pequena confusão por uma marmita, derrubando, na sua fúria faminta, três banquetas. Lá ia Natália juntar as banquetas do chão e acomodá-las próximo ao balcão novamente. Erguer banquetas para passar pano, descer banquetas para preparar tudo para o dia e arrumá-las constantemente, pois os clientes nunca as devolviam no lugar. Já nem sentia o peso da rotina, mas, às vezes, um pedaço amargo daquilo invadia seu sono, com banquetas por toda parte fazendo Natália cair no choro. Natália era, também, algo constantemente acomodado e mal ajustado naquele ambiente? Exposta, talvez, como um pão de queijo, disponível e acessível para quem chegar. Ali, atendendo o público, sentia uma exigência de agradar, sorrir e achar cada piada engraçada. Tinha que concordar quando alguém comentava sobre seu peso, ou mesmo media o tamanho da sua saia. Acontece que precisava muito do emprego: ela mesma pagava seu curso técnico de enfermagem. Faltava só mais um ano para terminar e, então, tentar outra coisa. Quem sabe ser um pouco mais do que uma moça sorrindo ao lado de um risóles do dia anterior.

Será que Clarice tinha comido? Voltou a se preocupar com a irmã. As novas chamadas não atendidas aumentaram a tensão. Ela não chegou em casa. Falando com um e outro, conseguiu o contato da tal de Rita. A amiga não via ela há horas.

— Ela só almoçou aqui e saiu, mas tava cedo. Sabe que ontem ela me disse que às vezes dava um tempo ali no Passeio Público se via que o ônibus ia demorar — Rita contou, prometendo ligar se soubesse de algo mais.

Natália não queria que a mãe delas soubesse até ter certeza do perigo. Ainda podia ser alguma bobagem de Clarice. Ela já tinha feito coisas assim. Colocar a mãe no meio, só em último caso. Ela divagava apoiada no balcão quando uma mão tocou a sua. Era o investigador Roberto, sozinho desta vez. Tinha de ser o destino!

Desabafou com ele. O sorriso leve e malicioso do policial sumiu e o lado profissional ocupou suas feições. Mesmo assim, não tinha muito a se fazer.

— Ainda é cedo, querida. Deixa teu telefone ligado que logo a maninha dá as caras. Talvez uma olhada no shopping, uma apertada numa amiga, que pode estar acobertando. Mas, só pra garantir, fala o sapato que ela usava hoje. Você lembra?

Não era difícil responder, Clarice usava sempre o mesmo tênis rosa de cadarço, trinta e seis. Naquele dia estava com um casaco vermelho de lã. Ele prometeu uma ronda nos arredores e algum contato com outros agentes. Para não perder viagem, pediu o número da moça. Natália continuou olhando para o nada quando ele saiu. Os dois trocaram mais algumas mensagens no resto da tarde. Ele tinha algum interesse na moça, com certeza. Mesmo assim, ela não se sentia mais segura ou tranquila. Parecia mais vulnerável que nunca. Antes do fim do dia chegar, ela saiu para andar pelos arredores. Não tinha um plano ou uma ideia sólida de onde achar a irmã.

Natália andou pelo shopping, mostrou uma foto da irmã para desconhecidos, entrou em lugares que já tinha visitado junto com Clarice e caminhou até o colégio dela. Não sabia onde ir ou se, agora, apenas se colocava em risco com aquela andança aleatória. Por último, foi até o

Passeio Público. O que Rita comentou sobre a irmã era a única indicação de uma direção possível. Enquanto caminhava, Natália rezava. Fazia tempo que não fazia isso, mesmo assim implorava ajuda e até jurava:

— Prometo não brigar com ela, prometo, nunca mais, nunca, nunca! Só me devolve ela.

Deu muitas voltas dentro do Passeio até se sentir um pouco cansada. Parou em frente a gaiola dos guarás. Desde bem nova adorava aquela ave tão vermelha. Sempre visitava aquela cela quando vinha ali, pequena, aos domingos, para brincar no parque e comer pipoca. Desde aquele tempo, Natália tinha que cuidar da irmã pequena que vivia grudada nela. Clarice gostava mais dos tucanos, mas passava mais tempo junto aos guarás, tinha essa mania de agradar. Os tucanos são maus, ela dizia para a irmãzinha. Mas sempre foi assim, Clarice era atraída por animais perigosos. Era boazinha demais. Será que o mesmo se repetia agora?

O guarda apareceu na sua ronda chamando atenção sobre o fechamento do local. Natália permaneceu ali, acompanhando a preguiça que abatia os pássaros com a partida do sol. Quando um dos pavões levantou para mudar de lugar, ela percebeu algo estranho e familiar dentro da gaiola: um casaco de lã vermelho que quase se confundia junto dos pássaros vermelhos.

Há muitos caminhos possíveis num momento de angústia, mas a imobilidade não era um deles. Não hoje. Não ali. Ela estava decidida o suficiente. Precisava, antes de tudo, achar um esconderijo. Só sabia que tinha de continuar ali, porque a ponta desse novelo estava bem na sua frente.

Não foi nada simples se esconder lá dentro. Precisou entrar em um pequeno espaço úmido e sujo que encontrou num ponto cego da ronda que o guarda fazia. O cheiro lá era insuportável. Esperou mais de uma hora até notar que fazia um bom tempo que o guarda não aparecia. Já diante da cerca dos pássaros, procurou um modo de entrar. Se o casaco estava ali, precisava ter um modo. E tinha, realmente tinha. Uma parte da cerca tinha um lado um pouco solto, espaço pequeno, mas não impossível de entrar.

Foi grande o alvoroço entre as aves e Natália sentiu um pouco de medo. Logo conseguiu confirmar que era mesmo o seu casaco, aquele descosturado no bolso esquerdo. Mas por que ali? Ela continuou procurando algo mais, alguma pista que mostrasse a continuidade daquela linha. Foi num tropeço que achou. Tinha uma maçaneta ali, um tipo de alçapão. Quem poderia imaginar?

Cogitou ligar para Roberto e contar tudo que descobriu, mas teria tempo para isso? E se a vida da irmã se agarrasse nessa loucura de Natália e agora dependesse dela entrar ali, totalmente despreparada?

Havia um longo túnel lá dentro, era um tipo de galeria extremamente úmida e escura. Natália iluminava o caminho com o celular. Tinha uma mensagem pronta com sua localização para enviar para Roberto. Esse era seu único plano, mesmo que ali embaixo não encontrasse sinal. Depois de vinte minutos andando achou uma escada que se ligava a um tipo de porão. Era muito íngreme e rústica.

No topo encontrou uma porta vermelha que parecia estar apenas encostada. Natália escutou com atenção o que vinha lá de dentro. Percebeu o som de pássaros. Será que ainda estava dentro do Passeio, entrando em outra gaiola? Mas não, era uma sala, a sala de uma casa. Estava um pouco escuro ali e uma música de Odair José tocava tristemente, ecoando pelos cantos, misturada ao som dos pássaros. Natália descobriu um apartamento antigo e cheio de pequenas gaiolas habitadas. Dentro de cada gaiola, um único pé de calçado feminino. Cada um diferente do outro. Sentiu sua perna fraquejar ao reconhecer em uma das gaiolas o que parecia um dedo humano. Tremendo, clicou em enviar.

Além do choro dos pássaros, tinha algo diferente ali. Havia um lamento um tanto humano vindo de outro cômodo. Perto de um ponto de luz, trombou com uma gaiola imensa. Encolhida em um canto viu, de costas, uma pequena Clarice de cabelos emaranhados.

Seu rosto se voltou apavorado para a irmã que chamava por ela num sussurro.

— O que você tá fazendo aqui, Naty? Foge, foge daqui! Ele só foi no banheiro.

— Eu vou tirar você daí.

Clarice tinha o rosto transtornado e inundado de lágrimas profundas demais.

— Eu vi, Naty. Ele matou ela na minha frente. Ele disse que se eu não cantar vai fazer o mesmo... o mesmo comigo.

— Como assim, Clarice?

— Ele me chama de passarinha. Só sai daqui, por favor. Por favor.

Natália escutou o som de uma porta, vinha de outra parte da casa. Seus olhos percorreram tudo ao redor até agarrar cegamente aquilo que serviria de arma. Se escondeu numa sombra. Todos os pássaros se agitaram com os passos arrastados que vinham se aproximando. Clarice começou a gritar, acompanhando as aves, um grito esganiçado que parecia imitar o som dos demais pássaros. Natália tremia e suava, tinha o coração tão perto da boca que quase podia jurar que sentia gosto de sangue.

— Finalmente tá tentando cantar, passarinha. Continua, avezinha branca. Assim é bom!

Natália paralisou diante da figura familiar que aparecia de costas diante dela. Tão familiar! Era seu Augusto, aquele conhecido cliente de todo santo dia que gostava do café forte e sem açúcar. Clarice seguia gritando, talvez para manter nela toda a atenção. Ele pareceu pressentir algo estranho e já virava na direção em que Natália se escondia. A moça usou toda sua força sobre ele, o acertou na cabeça. Usou uma banqueta de madeira. Banqueta alta de três pernas. O mesmo tipo que ela manejava na padaria na hora da limpeza. Tinha que ser uma banqueta, coisa pesada e inundada de toda aquela familiaridade que existia entre eles. Eram banquetas que Natália erguia todo fim do dia para fechar o estabelecimento, e as mesmas banquetas que desciam na manhã seguinte. Coisa já ajustada em suas mãos, entidade ideal para acomodar, onde caber, todo seu pavor e raiva. Foram cinco, seis, oito golpes. Foi preciso Clarice gritar para Natália parar de acertar o que restou do homem.

— Para, para! Ele tá morto, Naty!

No bolso do moribundo, estava a chave da jaula que prendia a irmã. Mesmo ainda ao lado do homem desfigurado, as irmãs permaneceram um longo tempo ali, abraçadas, soluçando, tremendo e chorando.

Decidiram, enfim, voltar para o Passeio pelo túnel. Antes, Clarice abriu todas as gaiolas, janelas e espalhou comida dos pássaros pelo chão.

— Assim eles ficam bem até alguém achar eles também, né?

Como podia Clarice permanecer boa assim? Natália olhou para a mensagem que tinha enviado e que não aparecia nem visualizada. Apagou tudo antes de descer de volta pelo alçapão.

Flamingos, guarás e jaburus receberam as irmãs com grande susto e com voos desengonçados. O Passeio Público estava incrivelmente quieto naquela madrugada. Clarice foi a primeira a sair da gaiola e ainda tentava convencer a irmã a liberar aqueles outros pássaros também.

— Eu tô tão surpresa que você me achou. Eu nem acredito ainda! Foi o seu casaco que eu perdi, né? Fiquei preocupada quando acordei sem ele.

— Eu... ainda tô tentando entender tudo que aconteceu, Clari. Como você veio parar aqui?

— Ele mostrou a abertura na cerca pra mim, disse que eu podia pegar uma pena de guará e tirar uma foto. Eu quis muito, queria mostrar pra você. Aí logo eu apaguei, acordei na gaiola. Ainda me dói a cabeça.

— Meu Deus...

— Eu, eu achei que ele era seu amigo.

— Raramente um homem é nosso amigo, Clarice.

Poucos ônibus passavam aquela hora. Na manhã seguinte, um pé de tênis rosa ia aparecer no jornal, perto da Prefeitura.

O sol teimava em nascer, assustado com as novas tragédias que o dia prometia. Seguiam as duas agarradas uma à outra. As duas loiras. Será que não assustariam os taxistas naquele estado, com Natália ainda suja de sangue? A noite era fresca e elas podiam caminhar. Juntas assim, não sentiam medo.

Hoje não.

Carol Sakura é doutora em Letras pela UFPR. É a escritora do livro *Anacleto, o balão*. Foi co-diretora e roteirista do curta-metragem *Apneia*, premiado como melhor filme no Festival de Gramado em 2019, e do curta-metragem *Anacleto, o balão*. É autora do livro de contos *A batida dos dias* e da HQ *O filho mau*. Possui diversos outros trabalhos em coletâneas de HQ na função de roteirista.

DOCE DELEITE

Cezar Tridapalli

Acavernado na reclusão a que uma pandemia me obrigou, em que uma pandemia me abrigou, e na qual fiquei por mais de três anos, estranhei voltar a me entranhar na moldura da cidade e me ver no mesmo quadro dos seus típicos tipos atípicos, eu sujeito sobre tela de uma cidade óleo de pastel frito e mijo sobre pétit-pavê. Da praça – olha o nome – Generoso Marques, em Curitiba. É noite e eu vejo a praça agora do andar alto de meu consultório, os postes alongam as sombras dos pedintes e dos pedestres, pintam de amarelo os rostos manchados de penumbra.

Meu trabalho passou a ser deitar pessoas e ouvi-las. Veio com isso a promessa peremptória: eu jamais voltaria a escrever. A aventura escrita dera lugar à aventura ouvida, escuta que flutua e afunda em pensamentos divagantes e divergentes de ver no divã gentes que entram e saem do meu espaço. Muitos espaços cabem no espaço de um consultório, muitas gentes cabem no espaço de um corpo. À minha frente, via e ouvia cabeças e histórias, peladas ou cabeludas, projetarem em direção à janela suas guerras particulares. Que cada um tem sua guerra.

Promessa feita corvejando – escrita nunca mais, nunca mais –, parto para um parto novo, o da escutatentateante dos angustiados, que somos todos nós. Auxiliar o parto de vidas que gozam da entropia do regresso ao ventre, à cavidade de onde saíram, ao mito singular de suas cavernas.

Agarramo-nos às promessas com tanta força que elas se esmigalham entre os dedos, a poeirinha das juras chovendo no chão. Se precisou virar promessa, foi para esconjurar o risco da reincidência, da repetição, petição que volta e revolta. Só que a represa da interdição foi ruindo diante do fato que me obrigou a relatar este caso, me obrigou a escrever para reescrever, antes de tudo a mim mesmo, a fim de ver se as palavras domam o todo-susto selvagem de um real que escoiceia o corpo por dentro, que não se deixa prender por cadeia de palavras enfileiradas e obedientes que constroem as próprias grades. Da promessa tornada pó, restou só um caco, o fato de que tudo aqui trata da mais pura e verdadeira realidade, sem os artifícios fictícios de outrora.

Eu já havia terminado os atendimentos, era tarde e estava contrariado por receber paciente nova, paciente deveria ser eu, paciência deveria ter eu para dar início a entrevistas preliminares e ouvir uma queixa ansiosa cujas palavras ao telefone entrecortavam-se, encavalavam-se, abreviavam-se e queriam – a todo custo! – um encontro que não podia mais esperar. Através da janela eu ainda via a noite do céu derramar-se pelas sombras espichadas de postes e pessoas quando dei meia volta, virei as costas para o infinito lá de fora e caminhei ao encontro de outro, que cabia ali naquele espaço sideral emparedado por tijolo e resistência. Siderar para desiderar. Entre um e dois, cabe o infinito.

Ela já em pé na sala de espera, as luzes estranhamente apagadas e o som desligado. No momentâneo blecaute dos sentidos, apenas uma claridade frágil, filtrada pelas frestas retilíneas da persiana, zebravam de leve as curvas de seu corpo, envolto em couro preto.

Abri esperando encontrar uma mulher, encontrei a cena inteira de *O destino bate à sua porta*. Sons, agora só dos saltos.

O torpor que a aparição provocou não coube nos meus olhos, espraiou-se até que o cérebro ficasse ele também pequeno demais para tantas formas, continentes e conteúdos. A cabeça batia cabeça, a mente acreditava que mentia. A presença tomou de assalto a sala de espera, meus olhos, tudo, toda a psicolândia advertida: uma invasão vazada, extravasada por todo o corpo e cujo peso enfraqueceu pernas, emaranhou raciocínios. Uma primeira frase se formou em mim, mas não foi dita em voz alta: "devia ter colocado aviso de não fumar".

Atribuí a tontura que meus poros respiravam à fumaça da cigarrilha, já manchada por lábios polpudos de batom vermelho. Como um chavão podia arroubar assim meus centros? Um clichê cinematográfico saía das telas e caía na minha sala de espera, descentrando-me, excentricizando-me, cindindo-me.

A segunda frase, agora em voz alta, pretendia virar o jogo, colocar ordem na casa, na sala, no corpo, devolver a autoridade à figura fática, enfática, fálica, encefálica, enfadonha do meu suposto saber.

— Queria entrar, quero dizer, queira entrar.

Um fiasco.

Ela fingiu se importar com a cigarrilha, fingiu procurar algum lugar para apagá-la e, não encontrando, entrou. Com cigarrilha e tudo. Acesa. *Ceci était* apenas uma cigarrilha.

Ignorou meu gesto que indicava a poltrona, deitou-se no divã, apontando para mim a poltrona ao lado, não bem demandando, mas me mandando sentar nela. Acudi, ela fez grande silêncio. Cruzou as pernas não sem antes esticar uma delas em direção ao teto. Por pouco a luminária não foi furada pelo salto agulha. As buzinas lá fora rareavam pela morte do dia que todo dia faz cena e morre, e pelo encurtamento de meus sentidos, turvos e restritos ao que se passava e passaria nos metros quadrados do quadro-aquário em que se havia transformado meu consultório.

A cigarrilha não se consumia, a fumaça formava com a luminária um duto dançante de formas curvas abstratas e abstrusas.

— Há muitos dias não me deito em um leito.

— Hmm — consegui dizer.

Aqui cabem parênteses: (*Hmm* era minha especialidade. Sou capaz de entoar *hmm* de muitas maneiras, tantas quantas o número de brancos capazes de serem diferenciados por um esquimó – bela lembrança da infância, guri! Já investi bons minutos de meu estoque de fantasias devaneando sobre um campeonato mundial de *hmm*, com a participação de analistas do mundo todo, onde eu sempre me sagrava campeão). Era, porém, a primeira vez que eu fazia um *hmm* por não poder encadear outros sons e palavras. Entre o deito e o leito, ouvi deleito. Aquela diva estava sobre meu divã, deito sobre leito, diva sobre divã, o deleito e a diva que me atordoaram a mente mentirosa ecoaram tempos remotos, de uma insistência ancestral aqui materializada em desejos imateriais.

— Desde o início do sonho eu apenas corro de um lado para outro, fugindo.

— Hmm — saiu um fio de voz desafinado, o tom da exclamação descendo para a interrogação sem nem meias palavras, sem nem meios tons. Não me orgulhei, emendando-o, pior que o soneto, com um pigarro mal-disfarçado. Eu poderia lançar um "Fugindo.?.", mas enquanto eu ensaiava o ensaio ela já voltava ao palco.

— Fugindo do que não posso mais fugir. Preciso chegar lá inteira, algo me falta.

Ah, a falta, condição fundamental para o motor do desejo, para a ignição e o vaivém de seus pistões. Minha metáfora de automecânica suja de graxa me chamava outra vez à infância, entre o óleo dos carros, entre as mãos que precisavam aprender a ser viris, as manchas pretas por todo o corpo em oposição aos mil brancos esquimós. Qualquer descuido e eu pediria um lado no divã para me deitar ao seu lado e começar a dissociar ou associar livremente depois da trava resistente que minha função analista interpunha entre si mesmo e mim mesmo, entre mim a esmo e a exuberância do couro colado à pele de seu corpo, do couro de um bicho semovente estripado e malcheiroso colado ao couro de ouro a que chamamos pele de um corpo a que aspiramos aspirar, respirar. Couro sobre couro, couro de bicho sobre couro de gente.

— Preciso que você vá junto.

— Hmm — consegui um *hmm* até digno, mas insuficiente: o encadeamento p-r-e-c-i-s-o-q-u-e-v-o-c-ê-v-á-j-u-n-t-o exigia uma respostação. *Preciso*: necessidade, precisão. *Você*: eu, o eu encarnado, a derivação regressiva de vossa mercê, Io, Je (*moi?*), Ich, I, aiai, que sente a dor do conflito aflito, aparte consciente racional y lógico, lógico. *Vá junto*: aqui o meu frio, aqui a demanda, a minha convocação, vocativo para a ação.

— Quero sair, quero dizer, queira sair.

Quem disse tais palavras? As vozes haviam se unido, sonido saído do mesmo nó, dos mesmos nós, do mesmo nós, ao mesmo tempo, enredando-se no meio do caminho e chegando embaraçadas até os ouvidos destinados. Era hora de não mostrar excitação, quero dizer, quer dizer, hesitação. Discurso do mestre em ação é ação. Falo firme, falo em riste:

— Nossas sessões consistem em estabelecer este espaço aqui – e nenhum outro fora dele – como *setting* analítico, de modo que você pode falar de sua condição êxtima e fazer de seu discurso o curso de um percurso que desfile sobre e sob a passarela de Moebius sem necessidade de que nos desloquemos a nenhum outro espaço que não seja o espaço de sua subjetividade e destes poucos metros enquadrados, quero dizer, quer dizer, quadrados.

Evoé, axé, Lacan.

— Pedantismo. Falo firme é me deixar confundida enrijecendo erudições? Estou fundida demais a você para que me impressione. A fumaça de teus cigarros desorienta bem mais que tuas palavras.

Eu fumava na infância. Parei depois de adulto. Pequeno, muito pequeno, catava pontas jogadas pela janela de casa e fazia minhas tantas tontas fumaças. Mas foram as palavras dela, agora, que me atarantaram. Não pela estranheza, sim pela estranheza da familiaridade. Quis insistir, quis dizer, mas só pensei: que os meandros da subjetividade podem ser mais perigosos do que andar pelas ruas da Curitiba escura, por uma Generoso Marques de andarilhos famintos, mijados e mijantes, dos pratos e dos salmos dos crentes tentando pescar a alma daqueles lambaris estropiados e das luzes vermelhazuis das viaturas. Minha função era fazê-la se arriscar em meio aos meandros dos medos e angústias internas, não de nos arriscarmos na escuridão banal da noite, a riscar

— nossa pele — disse antes que eu dissesse.

— Hmm?!

Colocou nova cigarrilha na piteira, jogando a ponta anterior sobre a caixa de lenços estrategicamente estacionada para recolher as lágrimas do mundo. Apressei-me a catá-la, mirando os estertores do lume, ponto laranja mínimo que tentei reavivar. E consegui. À terceira puxada, ressuscitei a chama e a chama me chamou à infância. Outra vez. Éramos agora fumantes, como tinha coragem, ela, de desperdiçar uma ponta daquele tamanho? Continuou:

— Desçamos: será um mergulho dos mais profundos nos recônditos da, oh, alma humana, a oportunidade de você ver o inconsciente fumegando em funcionamento, estruturado como a linguagem dos demônios. Trata-se de uma descida às alturas, de uma visão das profundezas à flor da pele. Nada do que venha de fora te será perigoso. Eu é um outro.

Psicótica, pensei.

No final dos anos 1970 ainda se fumava nos elevadores. Reeditamos o hábito cinquenta anos depois e fizemos o monge: descemos fumando, a fumaça mimetizava a neblina garoenta que luscofuscava lá fora, um lá fora onde em breve entraríamos, aprendi a não contrariar delírios, o cigarro estava bom e eu sabia o que dizer ao porteiro que já devia ter visto pelas câmeras os nossos vultos fundidos pela fumaça e confundidos em estranha estreiteza. Assim que a porta se abrisse, eu a deixaria tomar a frente e diria sussurrado ao porteiro, para que ela não ouvisse: "louquinha", a palavra acompanhada do gesto circular do indicativo em volta da orelha. Ele desarmaria o mau humor, abriria um sorriso e diria algo canalha ligando a saúde mental da paciente à sua inversamente proporcional saúde física. Ou diria apenas: gostosa.

Diante dela, minhas vestes eruditas – que podeveriam elaborar uma teoria da desconexão de seu universo subjetivo desastrado não castrado pela função paterna – caíam uma a uma e eu me desnudava. Só me chegavam imagens infantis, coisas como o médico disse para não contrariar, lelé da cuca, tralalá dazideia, didi-mocó com uma luva na cabeça.

O porteiro, porém, nem lá estava, o corredor da galeria com as luzes apagadas, assim como apagadas quaisquer pegadas humanas.

Ela pegou na minha mão.

— Vou te levar pela mão — disse a redundante. Ia à frente, me puxando, tal qual eu ia puxado por minha mãe, contrariado, a algum lugar desconhecido.

A Rua Riachuelo tremia, não era imagem estática entrecortada por movimentos de carros e seres, ela toda tremia com as gotas garoadas que pontilhavam as lentes de meus óculos, ganhavam novos tamanhos, fundiam cores, furtavam contornos, furavam a solidez dos objetos. E eu conduzido pela doidinha, as pessoas nem tinham corpos mais, eram mais sombras, e ela lá, e eu lalalá, fingindo que entrava na birutice dela, a cigarrilha agora não acabava nunca, parecia cada vez maior. Estou dizendo: coisa de louco. Passamos pelo tanque do chafariz, que mijava para cima, cumprimentei os Atlantes Escravizados que seguravam as colunas fálicas do Paço da Liberdade, gastei com eles a palavra e o gesto represados que eu teria usado com o porteiro: "louquinha", e girei satisfeito o indicador em torno da orelha direita. Enfim eu comunicava a alguém o meu diagnóstico.

— Hmm — a estátua respondeu, maliciosa, olhando as ancas embaladas no couro preto, cada passo mais sombra, que me levava pela mão, cruzava comigo as floriculturas – "louquinha", que eu dizia às flores sonolentas, indicador rodando na orelha – em direção à Praça Tiradentes.

Anos de experiência detectando fantasias, eu o caça-fantasmas do sujeito submetido ao grande Outro, eu o detetive que usa a lupa nas orelhas, eu o suposto saber das almas fixadas na sensaboria, estava agora desconcertado com c e desconsertado com s.

Na Tiradentes, as sombras mijavam no chão de vidro, sob o qual resquícios arqueológicos de uma cidade de outra era eram convite torto mas funcional para que minha arqueologia se interpusesse entre mim e mim mesmo, entre mim e as ancas à minha frente, que iam perdendo a sintonia, como tv chuviscando nos meus anos 70 e a cidade chuviscando, e outra sintonia se buscava, minha mãe, era minha mãe tentando sintonizar seu canal e se perdia no chuvisco, tinha um desenho animado com um personagem chamado chuvisco, era um gato ou um corvo, chuvisco, faísca, fumaça, nunca mais, nunca mais a memória resgata o tempo, pode até pintá-lo com cores mais vivas, mas a tinta não é a da época, a tinta daquela era já era, é colorização artificial, cadê as ancas, cadê as minhas ancas, minhas arcas, minha arqueologia, meus sonhos, doce-de-leite-chocolate-goiaba, só as sombras, só o xixi das sombras, o xixi na cama, a mão me puxando, a mãe me puxando, a mão de quem, doce-deleite, chocolate e goiaba é o sonho, eu de mãos dadas comigo mesmo, a esquerda puxando a direita, não sobrava mão para eu rodar o dedo indicador em torno da orelha – qualquer que fosse –, em frente à catedral falei "louquinha" para o pai, o filho e o espírito santo, mas faltava o gesto, tinha que vir o gesto, sinal da cruz girando em torno da orelha, mas a mão não me soltava, minha mão não largava da minha mão, minha mão não largava do meu pé.

Nem vi quando vi: passava diante da Pracinha do Amor. Ela, eu? Sim, pergunta, minha especialidade é fazer pergunta. Mamãe, veja como eu sei espalhar interrogações! Isso é uma exclamação, meu filho. Nem vi quando vi? O chapeludo Santos Dumont da Praça Santos Dumont olhava e eu já nem falei "louquinha", só girei o dedo nenhum em torno de alguma orelha. Não, mamãe, olha pra mim, veja mesmo como eu sei espalhar interrogações? Santos Dumont? olhava? E eu? já? nem falei? "louquinha"?, só? girei? o dedo nenhum? em torno? de alguma orelha?

Entramos? na Rua Ermelino de Leão. Eu? tinha um gato na infância. Chamado Lino. Mas agora estava, ela, eu? na rua. Na rua Ermelino de Leão. Mas o Lino era um gato, o Ermelino era um leão? Mas na Ermelino de Leão há um bar com gato no nome. Chamado Gato Preto. Chamado?

Eu já tinha estado ali. Eu? Já? Tinha estado? Com uma mulher deslumbrante de olhar oblíquo e riso dissimulado que capta tudo, capta tu, um machado que te parte ao meio, te pare ao meio, te para no meio, puta que pariu, pura que parou. O sujeito dividido de um jeito endividado, a dívida simbólica se embola na vida e na dúvida, o significante para laxante deita em dúvida, quer dizer, quero dizer, o significante para Lacan te deixa em dúvida, dividida.

Estava no Gato Preto, o bar, o restaurante onde servem costela de bandeja, onde todos os gatos são pardos, é tão claro o que é o Gato Preto que qualquer anteparo cria uma sombra das mais obscuras. Claro que era escuro, óbvio que era obscuro, obrigado, de nada, nonada, noénada, Noé nada, Noé nada de nadar porque fez uma barquinha, arquinha com todos os seus bichos presos. A luz demasiada favorece a sombra, não é louco? Ondestava? Detestava ser abandonada, do nada.

O Gato Preto parecia estar fechado, nenhum cheiro de costela assada na já madrugada, nenhum garçom, nenhuma musiquinha de dançar agarrado, estava fechado o Grato Peito. Quero dizer, quer dizer.

Mas eu estava lá dentro.

Mas? Eu estava? Lá? Dentro? Do Grato Peito?

Lá no fundo, bem no fundo, de mim, de o Gato, de o Ermelino, de a Ermelino, de o Leão, de o Gato Preto, havia uns movimentos.

Caminhei para o fundo, desci até o fundo, pro fundo da fundeza.

E havia um tanque com água, um aquário que tomava toda a fundidade da fundura do Gato Preto. Via que havia pessoas lá mergulhadas. De costas para mim, submersas, imergidas, de frente para uma mesa onde eu via uma costela. Banqueteavam-se. Entre os irreconhecidos, irreconheci uma mulher arrancando um fiapo de costela. Quem não irreconhece sua mãe? Quem não irreconhece uma mulher arrancando uma costela, perfazendo-se dela? Mãe, mãe, que eu gritava, você veio, como veio? Parar? Aqui?

Eu a via, mas ela não me ouvia. Ou via? É que além da costela banqueteada, no final da mesa havia, que eu via, pés descalços – sobre a mesa. Não de quem na gula se refestela de costela e põe os pés sobre ela. Pés de quem está estendido, não banqueteando, mas banqueteado. Baqueado e banqueteado, como se na maca – maqueado, maquiado – de um instituto médico. Legal? Não. Costela no centro da mesa, banquete, numa ponta da mesa pés estranhos porque não me eram estranhos. Também estranho porque familiar: na direção oposta à dos pés estava uma cabeça. Mas não devia ser estranho, é como todo corpo: numa ponta-cabeça, noutra ponta-pés.

Os pés eram meus.

Eram? Meus?

E a cabeça era minha.

Era? Minha?

— Mas sonhos não têm pés nem cabeça?

Era a voz do analista, postado como poste ao meu lado, a cigarrilha enorme, crescida, ele um suposto sabedor, fingidor que sabe fingir as dores que deveras doem.

— Eles estão comendo a minha costela!

— E dói?

— Dói?

Nota notada e anotada pelo autor: a história acima funciona muito bem se relida com a voz e a entonação dos detetives picaretas das comédias do gênero noir.

Cezar Tridapalli é psicanalista, tradutor e escritor, autor dos romances *Pequena biografia de desejos* (ed. 7 Letras), *O beijo de Schiller* (ed. Arte e Letra) e *Vertigem do chão* (ed. Moinhos). (www.cezartridapalli.com.br)

MINOTAURO E MORCEGOS

DANIEL OSIECKI

A atmosfera da cidade mudava radicalmente conforme o Passat avançava lento pela Marechal. A insistência em manter o carro velho, em se recusar a pagar seguro, em nunca comprar roupas novas, foram alguns dos motivos pelos quais Vargas estava sozinho mais uma vez. Ficou viúvo cedo. Maria se suicidou há anos, no segundo ano de seu casamento, no dia de seu aniversário. Algum tempo depois se casou com Vera. Vargas adotou seu filho de três anos e por muito tempo foi um pai presente e cuidadoso. Quando a coisa começou a degringolar de vez?, pensou alto como se ouvisse a própria voz, limpando o vidro embaçado do carro com uma flanela.

Há mais de uma semana chovia em Curitiba, e era o mesmo tempo que não falava com Vera, como dois desconhecidos morando na mesma casa. Um sabia dos horários do outro, o que facilitava bastante o desencontro proposital dentro de casa. *A casa!* Outro fator que durante os 10 anos de relacionamento foi motivo de discórdia constante. Vargas se recusava a mudar de casa. Vera tinha um apartamento mais central, inclusive mais perto da delegacia onde Vargas trabalhava, na Sete de Setembro; mas mesmo assim ele nem queria tocar no assunto. Várias vezes ao chegar do trabalho, Vargas não encontrava Vera em casa. *Deve estar no apartamento de volta. O que ela tanto faz naquele apartamento vazio?* A casa no bairro mais afastado onde tinha nascido, ele e seus irmãos. Não queria sair dali. Típica casa de uma outra era, quando Curitiba ainda permitia casa de muro baixo, janela para a rua e quase todos os vizinhos se conheciam.

Sinal vermelho. Quartel do Boqueirão. Tempos terríveis que passou ali. Nunca quis servir. Seu pai, militar que tinha muita coisa a esconder da família, só passou a respeitá-lo mais quando Vargas decidiu se alistar. O país passava por mudanças drásticas, tentativa de redemocratização, anistia, Diretas Já!. Além do tempo obrigatório de um ano, para tentar se aproximar mais do pai, fez o CPOR em uma tentativa frustrada de talvez seguir carreira mais tarde. Mas ele repetia sempre em voz alta, quando estava sozinho, Nunca quis servir!, o que virou uma espécie de mantra. Logo depois de cumprir dois anos no exército, fez graduação em Direito, com a intenção de prestar concurso para delegado. Acabou entrando na Polícia Civil como investigador e ali permaneceu. Gostava do trabalho, mas já sentia o peso do tempo.

Buzina para o carro da frente, que não avança. Perto das seis da tarde, horário péssimo para estar no trânsito, ainda mais com a chuva que aumentava cada vez mais. Parece que ouvia as insistentes broncas de Vera, *se tivesse um carro mais novo, com ar condicionado, não seria tão difícil de ver alguma coisa pelo para-brisa.* Nem se lembra da última vez em que tiveram um momento sem hostilidade, sem acusações mútuas. Desde o início, seu segundo casamento estava fadado ao fracasso. Por mais que Vargas quisesse ter mais um filho, depois de tudo o que passou com Vera, não ter mais esse obstáculo era mesmo um alento.

A fila de carros finalmente se move e, segundos depois, para mais uma vez. Lembra da chamada que recebeu há cerca de duas horas na delegacia. Era o plantonista daquele domingo chuvoso. Pois não. Investigador Vargas!, e esperou o ruído do rádio diminuir para poder ouvir e compreender a voz do outro lado. Vargas, temos um possível 122. Preciso que vá lá pro Jardim Paranaense, agora. A PM já se dirige ao local. Você é o plantonista, correto? Sim. Leva teu escrivão. Em breve o diretor do DHPP vai te encontrar lá. Desligo! Os termos do art. 122 do Código Penal referem-se à indução ou auxílio ao suicídio ou à automutilação, ou seja, Vargas teria uma noite longa, mais uma noite de insônia. Já sentia que isso aconteceria naquele fim de tarde quando atendeu um caso de morte no trânsito. O motorista bêbado que bateu no carro de um senhor de 70 anos e fugiu do local. Lembrou do acidente que matou seu pai, há quase vinte anos. Um caminhoneiro voltando do interior do Paraná para Curitiba. Na época, Vargas tinha assumido seu cargo como investigador na Delegacia de Homicídios de Maior Complexidade, no Centro, há pouco mais de um ano, e com a autorização de seu delegado – antigo colega de seu pai no grupo *Le cocq*, organização que o fazia tremer até hoje, anos depois de descobrir o que seu pai fizera e com o que contribuíra – pôde agir da forma que agiu, o que o fazia ter dificuldades para dormir.

Quando pediu autorização ao delegado Pechinski para investigar o motorista que matou seu pai, o velho policial deu carta branca e disse que deixaria dois homens de sua confiança à sua disposição. Depois de tantos anos, Vargas não se orgulhava de sua iniciação nesse universo de violência, abuso de poder e de justiça própria. Naquele tempo, a ***Scuderie*** ainda operava – mesmo que extraoficialmente – dentro de delegacias e esquadrões espalhados pelo Brasil. Duas décadas depois, dentro do mesmo Passat deslizando pela mesma Avenida Marechal Floriano Peixoto, quase chegando em São José dos Pinhais, lembra-se da tarde em que foram até a casa de Amadeu França (nunca esqueceria esse nome), que estava aguardando a intimação para depor sobre o acidente com vítima fatal em que havia se envolvido.

Pechinski tinha dado total liberdade para Vargas comandar a operação, de conduzir o rapaz para o local combinado. Disse que precisavam dele na delegacia de São José, pois era lá que estavam cuidando do caso e perto de onde havia ocorrido o acidente, na Avenida das Torres. Quando Amadeu chegou ao lado do carro (à paisana), Vargas o conduziu ao banco da frente. Antes de dar a partida no Comodoro, um dos capangas que estava no banco de trás segurou Amadeu pelo pescoço e com um lenço embebido em uma espécie de sonífero à base de triptofano o fez apagar em menos de dez segundos. Quando chegaram ao local que a ***Scuderie*** usava para fins como esse e outros, Vargas começou a se arrepender, mas já era tarde. Não poderia voltar atrás. O que aconteceu naquela tarde nunca saiu de sua cabeça. A sala escura, o pau de arara, os gritos, as sessões de choque. Isso tudo depois da redemocratização do Brasil. Vargas odiava ter feito parte daquilo.

Agora quem ouviu uma buzina era ele, que olhou pelo retrovisor e viu um carro dando sinal de luz. A fila finalmente estava se movimentando. Engatou a primeira no Passat (que era a álcool e demorava muito para ligar em dias frios como aquele domingo) e seguiu o fluxo. Ao chegar ao viaduto que separa Curitiba de São José dos Pinhais, refez o trajeto de vinte anos atrás, com Amadeu França desacordado ao seu lado, em uma tarde igualmente chuvosa. Até quando teria que fazer aquele tipo de trabalho? *O óbito violento é aquele que tem causa externa decorrente de lesão provocada por violência, independentemente do tempo entre o evento e a morte. Decorre, assim, de homicídio, acidente ou suicídio,* lembrou de um dos cursos que fez para progressão na carreira, na DHPP de São Paulo. Pela primeira vez desde que recebeu a chamada para atender a ocorrência, pensou no que encontraria no local. Possivelmente suicídio, mas sabia que situações como essa exigiam atenção redobrada. Primeiro, o próprio abalo emocional que o afetava há bastante tempo. Não era o mesmo. Precisava mudar de ares. Não servia mais para ver corpos, investigar mortes, analisar cadáveres. E por último, sempre era um transtorno maior se houvesse familiares no local. Ele não conseguia lidar direito com isso. Nunca conseguiu.

O trânsito flui ao atravessar o viaduto. Mesmo com a forte chuva que caía, Vargas foi obrigado a abrir os vidros do Passat para conseguir enxergar pelo retrovisor e pegar a marginal para se dirigir às vielas do Jardim Paranaense. Não precisava de GPS, conhecia bem a região e se recusava a usar essa tecnologia. Salvo exceções. *Você deve ser a única pessoa do mundo que não usa GPS,* disse Vera uma vez em que foram visitar parentes em Almirante Tamandaré. Essa foi a única situação em que Vargas se perdeu. Não foram poucas as vezes que foi repreendido pelos seus chefes por se recusar a usar colete à prova de balas, ou mesmo as viaturas oficiais da Polícia Civil. Era visto como um excêntrico, porém suas deduções ao observar as cenas de crimes durante todos aqueles anos e sua eficiência como investigador faziam com que alguns caprichos fossem deixados de lado.

Cerca de um quilômetro adentro da marginal, avistou duas sirenes de viaturas da PM. Nem a chuva, que só havia aumentado desde que saiu da delegacia, espantou da frente da casa simples os curiosos, que assistiam ao final do atletiba no bar da esquina. Muito parecida com sua casa, inclusive, que ficava relativamente perto dali, no Sítio Cercado. Soube, através dos policiais que chegaram antes, que ninguém ali viu ou ouviu nada. O Passat estava encharcado, mas não ligou para isso. Passou o mesmo pano de flanela nos bancos e com muito custo conseguiu fechar os vidros. *Preciso arrumar essas manivelas de uma vez.* Protegeu a cabeça, em que já rareavam os fios brancos, com seu mesmo paletó puído xadrez de sempre, e correu para trás das linhas de segurança colocadas pela PM que, para Vargas, geralmente fazia um trabalho péssimo em cenas de crime. São animais sem a menor chance de serem domesticados, disse em voz alta. *Bichos de merda!* Boa noite. Investigador Vargas!, secou o rosto encharcado e mostrou seu distintivo aos soldados da PM. Boa noite, respondeu seco o soldado. Ambos militares se olharam, tensos, pois sabiam que Vargas os tratava como se fossem seus funcionários. *Velho escroto!* No momento em que entrou na casa, não fossem as lanternas deixadas por alguns soldados, a escuridão seria total. Pegou sua própria lanterna e, como sempre fazia, pediu que os militares saíssem da cena e o deixassem sozinho. *Esses jaguaras só cagam com meu trabalho, porra!* Quando o escrivão chegar com a comitiva da Homicídios, me avisem. Agora podem sair. Obrigado.

A sala ampla e escura o lembrou de um curso que fez há muitos anos, de Investigação Forense. *Serão intitulados com a expressão "Morte Suspeita" os boletins de ocorrências que contiverem notícia de: I - encontro de cadáver, ou parte relevante deste, em qualquer estágio de decomposição, no qual inexistam lesões aparentes ou quaisquer outras circunstâncias que, mesmo indiciariamente, apontem para a produção violenta da morte; II - morte violenta em que subsistam dúvidas razoáveis quanto a tratar-se de suicídio ou morte provocada por outrem; III - morte não natural onde existam indícios de causação acidental do evento exclusivamente por ato não intencional da própria vítima e IV - morte súbita, sem causa determinante aparente, ocorrida de modo imprevisto, com a vítima fora do respectivo domicílio e sem a assistência de médico, familiar ou responsável.*

Depois de ir ao quarto no fim do corredor, viu o corpo de um jovem, aparentemente com 30 anos, só de roupa íntima e com uma camisa do Coritiba. Sinal de projétil na têmpora esquerda e sangue na parede. Lembrou do filme que assistia com frequência, *O franco atirador*, em que Christopher Walken se mata com um tiro na cabeça ao participar de uma disputa de roleta-russa. E se esse rapaz fez o mesmo?, disse em voz alta. Na mão esquerda, um Taurus 38. Havia muitas coisas jogadas pelo chão do quarto. Cama desarrumada, roupas espalhadas por todo o cômodo e também pelo corredor. Verificou toda a casa, sempre cuidando com marcas de pisadas pelo chão. Não havia outras marcas de sangue fora do quarto. A cozinha estava impecável, assim como sala e banheiro. Os únicos cômodos com sinais de que alguém havia mexido ali eram os dois quartos. Vargas entendeu que talvez não se tratasse de suicídio. Precisava ainda do resultado do trabalho dos peritos, de impressões digitais, mas seu instinto de quase trinta anos como investigador era forte.

Não sabe quanto tempo durou sua varredura, tanto que nem notou a presença do escrivão, de dois peritos e do delegado de plantão. A equipe não ligou pra isso, todos já sabiam de seu *modus operandi* não muito ortodoxo, tanto que ninguém interrompeu seus devaneios. Ele tinha o costume de sussurrar enquanto apurava a cena de um crime, misturando fragmentos do código penal, falas sobre tipos de criminosos e o que pareciam ser lembranças próprias. Era deixado sozinho sem ser incomodado até que falasse primeiro. Deu seu parecer à equipe, anotou mais um tanto de frases em seu caderno, assinou o inquérito como mandavam as formalidades de praxe e foi embora. Poderia ir para casa. Já havia finalizado seu horário de trabalho, mas decidiu voltar à delegacia e continuar noite adentro.

Na volta para o Centro, antes de seguir direto pela Floriano, pensou em desviar para casa, para finalmente conversar com Vera. Tentar encontrar uma direção para a relação de uma vez por todas. Não queria se afastar dela, nem do piá. Mas não fazia a mínima ideia de como iniciar a conversa, de como assumir uma espécie de *mea culpa*. E se chegasse em casa e visse algo que não queria ver? Vera era quase dez anos mais nova, uma mulher muito bonita. Ele era um velho policial em fim de carreira. Faltava pouco para chegar ao Terminal do Boqueirão. Dali poderia seguir para casa. Estava na rua há aproximadamente quatro horas, seria bom ir pra casa. Já sem trânsito e quase sem chuva, deixou os vidros do Passat abertos. Faltava uma quadra para o Terminal. Jogou com o destino do próximo sinaleiro: se o sinal ficasse vermelho, iria para a delegacia e faria seu trabalho como havia planejado; se verde, iria para casa. O câmbio e a embreagem estavam com o mesmo problema constante, Vargas demorou para conseguir engatar a primeira. Às vezes, a vida prega peças que não esperamos, pensou o Investigador, *não esperamos e nem sabemos como nos livrar delas*. Tal qual o Minotauro no labirinto, fechou os olhos e ouviu o farfalhar dos morcegos.

Daniel Osiecki nasceu em Curitiba, em 1983. Escritor e editor, dentre outros, publicou *Morre como em um vórtice de sombra* (Kotter Editorial, 2019), *Fora de ordem* (Editora Ipêamarelo, 2021), *27 episódios diante do espelho* (Kotter Editorial, 2021), o romance *Veste-me em teu labirinto* (Caravana Grupo Editorial, 2022) e *Atmosfera das grutas* (Kafka Edições, 2023).

A MORTE DA NAMORADA IMAGINÁRIA

Edilson Pereira

Era um daqueles prédios velhos com aparência de abandono nas proximidades da praça Tiradentes. Cheio de pessoas para as quais ninguém dava importância. Velhos solitários, mulheres com mais de quarenta anos que perderam a esperança de encontrar o grande amor de sua vida – se é que, algum dia, acreditaram nisso. Homossexuais de ambos os sexos e prostitutas gordas e decadentes que se amontoavam em um pequeno apartamento para economizar o aluguel. Também sujeitos que viviam de biscates e tinham o corpo mais tatuado que piratas, supondo serem atraentes. Era espantoso que esses sujeitos encontrassem homens e mulheres da alta sociedade para programas sexuais. Exóticos ou excêntricos.

Naquela manhã de domingo, Napoleão Ferraz sentiu em suas narinas o odor pestilento de decadência, cuspiu na calçada e disse:

"Mais um inferno para a gente conhecer!"

Ele entrou.

O porteiro o esperava e disse:

"Estas coisas não costumam acontecer por aqui!"

E, para reforçar as palavras, acrescentou:

"Aqui é um lugar pobre, mas decente e honesto!"

Ferraz olhou ao redor e disse, quase rangendo os dentes:

"Estou sentindo todo aroma pútrido de decência e honestidade!"

O porteiro achou melhor não discutir. Abriu a porta do elevador para Napoleão Ferraz entrar. A porta fechou e o policial subiu pesaroso. O elevador rangia como uma cadela atropelada. Era um dos últimos da cidade que tinham portas sanfonadas de metal dos anos 40 e 50. Por um momento, Ferraz sentiu-se feliz. A atmosfera decadente o mergulhou nos velhos filmes norte-americanos de detetives dos anos 40. Era um daqueles momentos sentimentais em sua profissão em que a realidade do trabalho e a magia do cinema se encontravam e ele sentia-se recompensado por ser policial, pois evocava a melancólica atmosfera de romantismo em meio a bebida, tiros, socos e sexo dos velhos filmes em preto e branco de Hollywood. A vantagem dos filmes de Hollywood era que eles não fediam como aquele edifício. Um cheiro insuportável de suor com sujeira e pestilência. Cheiro de mendigos que dormiam à noite sob as portas fechadas das lojas do centro e acordavam assim que a claridade aparecia. Levantavam para não serem arrastados pela assistência social para algum lugar longe do centro que chamavam de reabilitação social, mas que parecia um campo de concentração sem fornos crematórios. Os dois chegaram ao quinto andar. A porta do elevador abriu. O corredor tinha cheiro de sanitário com vários dias sem limpeza.

O porteiro pulou na frente e parou diante da porta do apartamento 55.

"É aqui."

Ele abriu a porta. Os dois entraram no que deveria ser a cozinha. Havia uma panela de água sobre o fogão.

"O que é aquilo?"

"A água estava fervendo quando Romário chegou. Ele desligou para não pegar fogo no apartamento depois que a água evaporasse."

"Quem é o Romário?"

"Romário é uma bicha do 54."

"Cadê a bicha do Romário?"

"Vou chamar ela."

Ferraz deu uma volta no apartamento. No único quarto, uma mulher morena bonita vestida estava morta sobre a cama. No peito, na altura do coração, havia sangue em volta de algo que o policial julgou ser um buraco feito com faca ou punhal. O sujeito que fez aquilo devia ser forte e precisou de apenas um golpe. A mulher aparentava ter quarenta anos, tinha cabelos castanhos com reflexos dourados, brincos simulando joia de prata com diamante. Os olhos ainda estavam abertos; eram olhos que quando vivos deveriam ser belos olhos bondosos, pensou Ferraz. Ele se aproximou, levou a mão direita em concha na fronte da mulher e cerrou os olhos da vítima.

E disse como se a mulher pudesse ouvir:

"Você não tem mais obrigação de olhar a merda deste mundo, querida!"

Os lábios dela estavam pintados de batom rosa. Os dentes eram brancos e bem cuidados, com exceção do incisivo lateral que era postiço e tinha cor diferente dos outros, meio amarelada.

Ferraz pensou com a mão no queixo: "Era uma bela mulher. Com aspecto bondoso. Mas destas que certamente estimulavam a imaginação de velhos senhores. Ela certamente gostava de dar uma trepada sem compromisso. O que não é crime, nem pecado."

Como se arrependesse de seus pensamentos, acrescentou: "Desculpe, querida. É que hoje em dia não vale a pena arrumar compromisso por causa de uma trepada. Ainda mais com os tipos de homens que estão nas ruas."

Ele percebeu que alguém entrava no apartamento. Virou-se e encontrou o porteiro e um sujeito no centro da sala.

O porteiro disse:

"Este é o Romário!"

Romário era uma bicha cafuza com cabelo curto e cara atrevida. Olhava com o queixo empinado como se desafiasse antes de a conversa começar. Ele olhou para a cara da bicha e percebeu que teria que tomar cuidado com as palavras, que aquela deveria ser uma bichinha bem ordinária e encrenqueira. Aliás, pensou Ferraz, quem sobreviveria naquela espelunca se não fosse encrenqueira? Enquanto Ferraz pensava, Romário achou que o silêncio não fazia o menor sentido e indagou:

"O policial me chamou?"

Ferraz olhou e perguntou:

"Você que encontrou o corpo?"

"Sim. Fui eu que encontrei o corpo. Mas não fui eu que matei a Vanusa."

"O nome dela é Vanusa mesmo? Ou é apenas o nome de guerra?"

"É Vanusa mesmo. É cabeleireira. Divorciada e sem filhos. A mãe mora em Ponta Grossa."

Ferraz pensou que Romário não gostava de perder tempo.

"E o que você veio fazer no apartamento dela esta manhã?"

"Ela disse que acordaria de madrugada para visitar a mãe em Ponta Grossa. E pediu para eu cuidar dos dois cães. O Leandro e o Leonardo."

"Eles cantam?"

"Eles ladram."

"Tudo bem. E daí?"

"Ela deixou as chaves comigo. Hoje de manhã quando cheguei aqui encontrei a panela no fogo com água fervendo. Achei que ela tinha decidido não viajar e fui procurar no apartamento, e a encontrei na cama daquele jeito. Avisei o porteiro e ele chamou o senhor."

"E os cachorros?"

"O senhor quer interrogá-los?"

Ferraz percebeu que vacilou e deu margem para Romário dar um drible seco nele.

Ele respondeu:

"Por enquanto não!"

Em seguida perguntou:

"E quem você acha que pode ter feito isto?"

"Não tenho a menor ideia. Vanusa era uma mulher maravilhosa, não tinha inimigos e não se metia na vida de ninguém."

"Como vocês se tornaram amigos?"

"Nós trabalhamos no mesmo salão. Eu também sou cabeleireiro."

"Qual o nome do salão?"

"Beverlly Hills."

Ferraz murmurou quase sem querer:

"Porra!"

Romário disse:

"Um dos melhores salões de beleza da cidade."

O policial ficou olhando Romário. O sujeito disse aquilo como se fosse o governador do Estado. E para não ficar dúvida, acrescentou:

"Eu faço a cabeça de algumas das mulheres mais importantes da cidade."

Aquilo podia ser verdade. Mas não era o tipo de coisa que impressionava Ferraz porque ele não entendia da matéria. E também não tinha importância para resolver aquele caso.

Ele achou melhor ir direto ao assunto:

"Não precisei colocar a mão no corpo dela para perceber que foi esfaqueada. Você não viu uma faca suja de sangue por aí."

"Não. Se tivesse visto, teria avisado o porteiro."

Ferraz pensou que Romário, apesar de ser uma bichinha vaidosa e presunçosa, ajudou muito e certamente não teria mais a acrescentar. Pelo menos por enquanto.

Ele perguntou para o porteiro:

"E você sabe de alguma coisa que possa me ajudar a resolver esta encrenca?"

O porteiro, como tivesse acordado de repente, se lembrou:

"As câmeras de segurança. Elas filmam tudo nos corredores."

Aquilo foi uma surpresa para Ferraz.

Ele indagou espantado:

"Esta espelunca tem câmeras de segurança?"

O porteiro respondeu:

"Foi exigência da polícia. Depois disso os casos de violência diminuíram no edifício."

Ferraz olhou Romário e observou:

"Você ainda não me disse o que aconteceu com os cachorros."

Romário disse duro e atrevido:

"Estão no meu apartamento. Por enquanto não conheço ninguém que possa tratá-los melhor do que eu."

Ferraz balançou a cabeça e disse:

"Você está certo. Cuide bem deles."

Romário indagou:

"Mais alguma coisa?"

"Por enquanto não."

E voltando para o porteiro, o policial perguntou:

"Onde fica a central das câmeras de segurança?"

O porteiro respondeu:

"Lá embaixo, num cômodo ao lado da portaria."

"Vamos ver isso."

Romário voltou para o apartamento 54 com sua arrogância e seu andar altivo como quem acabara de conversar com a pessoa mais insignificante do mundo. O porteiro percebeu a perplexidade do policial e disse quando estavam no interior do elevador, enquanto a porta sanfonada se fechava ruidosamente:

"As pessoas não gostam dele. Mas é um grande sujeito. Não arruma confusão. Confusão encontra quem se mete com ele."

Ferraz conhecia aquele tipo de gente.

Ainda assim indagou:

"Essa bichinha baixinha moreninha e atrevida é capaz de alguma coisa?"

O porteiro riu.

Olhou Ferraz como se ele fosse o policial mais ingênuo do planeta:

"Romário luta capoeira e usa navalha como ninguém. Ele é melhor com uma navalha do que muitos policiais com metralhadora. Porque tem policiais que atiram para todos os lados e não acertam ninguém. Romário não precisa de trinta segundos para cortar o pescoço de um sujeito."

Ferraz pensou que o breve prontuário mudava um pouco as coisas.

"O nome dele é Romário, mesmo?"

"O pai gostava de futebol. Era vascaíno. Queria ver o filho jogador de futebol. As coisas nunca saem como os pais esperam."

"Entendi!"

Ferraz se lembrou de Madame Satã. Tinha fama de bom lutador e de ser bom com a navalha. Três homicídios. Os caras compensavam a marginalidade com uma habilidade assassina. Ele pensou que teria de agradecer ao porteiro pela informação. Quando o elevador chegou ao térreo, os dois foram para um quarto escuro atrás da portaria que era uma mistura de depósito de produtos de limpeza com sanitários. E onde havia uma caixa de metal na parede.

O porteiro indicou:

"Esta é a central! Este é o gravador. É um DVR. Ele recebe as imagens das câmeras."

O policial indagou:

"Como funciona esta coisa?"

O porteiro respondeu:

"Este bagulho converte sinais analógicos em digitais. Que ficam gravados na memória."

"Você entende do assunto."

"Não entendo nada. Só sei o que o cara que instalou disse. Agora a gente pode ver as imagens aqui."

"Pelo celular?"

"Sim. Eu tenho um aplicativo. E por ele tenho acesso às imagens. Agora vamos lá na portaria."

O porteiro acessou as imagens do período da manhã. Ferraz e o porteiro ficaram observando em silêncio. Por volta de seis horas, um homem apareceu no corredor do quinto andar vindo da escada ao lado do elevador. Ele caminhou na direção do apartamento 55 e apertou a campainha. Segundos depois, a porta abriu. Uma mulher apareceu. Ela deixou o homem entrar. Dez minutos depois ele saiu do apartamento com uma faca na mão enrolada numa espécie de toalha pequena ou pano de prato, fechou a porta e caminhou na de onde veio.

Ferraz disse:

"É ele."

O porteiro murmurou:

"Não acredito!"

"Não acredita por quê?"

"É o Gino Lafaiete! Do apartamento 66."

"E quem é Gino Lafaiete na fila do pão?"

"Um homem tranquilo, bondoso, não faz mal a ninguém. Está aposentado há muito tempo. Era alcoólatra, mas parou de beber há dez anos."

"Casado?"

"Um solitário. Um velho punheteiro, coitado!"

"Como você sabe que ele é punheteiro?"

O porteiro era esperto:

"Todo velho é punheteiro."

Ferraz pensou que o porteiro tinha razão. Ele mesmo era um policial punheteiro.

O porteiro acrescentou:

"Além disso, ele me contou que há vinte anos não comia uma mulher. Todo este tempo na punheta. Não sei como não ficou louco."

"Este edifício está cheio de prostitutas. Deveria ter se aliviado com uma delas. Não acredito que cobrassem uma fortuna."

O porteiro olhou perplexo para o policial e disse:

"Ele odiava prostitutas. Pelo menos as deste edifício. Basta você dar uma olhada por aí que vai dar razão para o velho."

Ferraz pensou que as prostitutas daquela área faziam a palavra decadente ser muito elegante para ser usada por elas. Deveria haver alguma mais adequada que ele não conhecia.

Ele respirou fundo e murmurou:

"Os velhos punheteiros também cometem crimes."

O porteiro estava atordoado.

"Mesmo assim eu não acredito que ele foi capaz de fazer uma coisa desta!"

Ferraz olhou o porteiro disse:

"Mas fez. E ele tem um encontro marcado com a lei."

O porteiro ficou em silêncio.

Ferraz acrescentou:

"Ele mora no sexto andar?"

"Sim. No sexto."

"Vamos lá."

Ferraz e o porteiro entraram novamente no elevador de porta sanfonada que rangia mais que uma cadela atropelada. Quando chegaram ao sexto andar, não havia ninguém no apartamento 66. Ferraz desceu e avisou o pessoal do distrito para deixar um policial na entrada do edifício, para o caso de Gino Lafaiete voltar. O porteiro disse que o velho costumava passar as tardes na praça Tiradentes dando milho aos pombos ou ouvindo conversas das pessoas. Um policial foi lá e não foi difícil encontrá-lo. Era um homem alto, moreno e forte. Usava um boné preto com urso marrom e estrela vermelha com a inscrição Califórnia em branco. Vestia camisa polo branca, calça jeans e calçava tênis Nike. Parecia um homem pacato de expressões gentis. O policial não precisou usar violência porque o homem o acompanhou sem resistir.

No distrito, Ferraz perguntou:

"O senhor pretende negar que matou a Dona Vanusa?"

"Não. Eu perdi a cabeça. E fiz isso."

"E por que o senhor perdeu a cabeça?"

"Eu não queria que ela fosse para Ponta Grossa. Eu achava que ela iria se encontrar com outro homem."

"E ela não podia se encontrar com outro homem?"

Gino Lafaiete respondia as perguntas sem tirar os olhos do chão:

"Claro que não. Ela era a minha namorada. Eu não podia permitir uma coisa desta."

Aquilo era novidade para Ferraz. Ninguém disse que aquele homem e a vítima tinham um relacionamento amoroso.

Ele verificaria isto depois.

O policial perguntou:

"O senhor não está arrependido?"

"Claro que estou."

Ferraz ficou em silêncio. Com um gesto de cabeça, indicou que levassem Gino Lafaiete de volta para a cela. Em seguida, quase no final da tarde, voltou ao edifício no centro da cidade. O porteiro já era um conhecido.

Ferraz indagou:

"Você não me disse que o Gino Lafaiete era namorado da Vanusa."

O porteiro disse:

"Ele não era."

"Foi o que ele me disse."

"Ele achava que era. Mas não era."

Ferraz pensou que, como era domingo e não era noite, Romário poderia estar em casa. Pediu para o porteiro levá-lo ao quinto andar.

Romário apareceu na porta e disse:

"Já sei. O senhor veio interrogar os cachorros."

"Não. Você."

"Já disse tudo o que sabia."

"Foi Gino Lafaiete que matou a Vanusa."

"Aquele velho louco!"

"Você sabe alguma coisa dele?"

"Ele discutiu com a Vanusa no começo do mês. Ela me contou. Ele cismou com um vestido que ela usava e ele não gostava. Coisa de velho maluco."

"Ele disse que era namorado dela."

Romário respondeu sem se alterar, com a cabeça empinada:

"Nunca foi. Vanusa não queria namorar ninguém depois do divórcio. Ela conhecia algum sujeito e se fosse com a cara dele, dava as suas trepadas, mandava o sujeito passear e depois voltava para casa. Sem compromisso. Ela não queria compromisso com mais nenhum homem."

"E por que Gino Lafaiete disse aquilo?"

"O velho botou esta bobagem na cabeça e acreditou nela."

Ferraz e o porteiro ficaram em silêncio.

Antes de fechar a porta na cara dos dois, Romário disse:

"Ela era uma namorada imaginária. Apenas isso."

Ferraz resolveu interrogar outros vizinhos e descobriu que Vanusa não foi a primeira "namorada imaginária" de Gino Lafaiete. A diferença era que não matou as outras. Talvez por não se sentir tão apaixonado quanto por Vanusa. O policial concluiu que o velho ficou louco de solidão ou de tanto bater punheta. O caso era para manicômio. Um triste fim para um velho triste. Ele teria que colocar tudo no inquérito. Enquanto descia mais uma vez pelo elevador de porta sanfonada com cheiro de mofo e urina impregnado nos pelos do nariz, Ferraz pensou que aquela história sórdida aconteceu num lugar tão sórdido quanto ela. Só faltava um bom cineasta de Hollywood filmar aquele caso. Mas Hollywood estava se lixando para os velhos solitários e punheteiros de Curitiba e seus crimes inesperados.

Edilson Pereira é jornalista, dramaturgo e romancista. Nasceu em Oriente (SP) e veio com duas semanas de vida para o Paraná. Trabalhou na Agência Folhas, Folha de Londrina e Tribuna do Paraná.

CIDADE SORRISO

Eduardo Capistrano

Bar Stuart, Curitiba. Hoje. Onze da noite.

— Vocês vieram. Ótimo.

Tirou o cigarro Hollywood sanfonado do canto da boca e jogou nela uma fatia de linguiça Blumenau crua, que lavou com Drury's. Era um fulano magrinho. O rabo-de-cavalo e o cavanhaque ralo faziam ele parecer um hippie. O olhar apertado lhe dava ares de calculista, que de fato era. Mas também precisava de óculos.

O bugre truculento com penteado de Gumex entrou e sentou-se à mesa, enfiado em um terno alguns números menor, o colarinho cavando um sulco no pescoço. Depois de fechar o bar, o garçom lhe arrumou um copo, que desapareceu na sua mão grosseira. Já sentada na mesa, estava uma loira lutando contra a idade, platinada, empinada, maquiada, rouca demais. Tentava, sem sucesso, evocar a própria glória passada. Virava taças de tinto como água, tragava mais fumo do que ar.

— Soltam ele hoje. Daqui a — o magrinho apertou os olhos sobre seu Casio paraguaio — três horas.

O bronco de terno apertou o nariz entre os olhos e balbuciou uma prece. A loira perdeu o olhar no horizonte, cobriu a boca com a mão – enfim parando de engolir vinho e fumaça – e soltou um demorado puta-que-pariu.

— Vocês sabiam que o dia chegaria. Tiveram tempo de sobra pra pensar. Vou dar uma mijada. Quem ainda estiver por aqui quando eu voltar, fica até o fim.

O magrinho entornou o uísque e saiu pro banheiro. Quando voltou, os dois ainda estavam lá.

— Certo. Vamos garantir que o desgraçado não veja o nascer do sol.

Trinta anos antes. Passeio Público. Três da manhã.

À época, o magrinho tinha cabelo curto e cara limpa. Depois da corrida, parecia uma calopsita, o cabelo erguido. Ao seu lado, um moreno que dava três dele. Quem diria que um Civil e um "Milico" fariam parceria tão bem-sucedida? Era o caso de Carlos e Samuel, então no final de uma árdua perseguição, encharcados pela chuva inclemente.

— Celerado de uma figa — Samuel cuspiu entre dentes cerrados. — Deixe ela ir.

A mira do trinta-e-oito tremia, tentando achar a cara do encapuzado. Ele segurava a mulher diante de si, a faca cintilando na garganta dela. Então os tiras viram algo do rosto sob o capuz. Um sorriso bonito. Perfeito. Propaganda de Kolynos.

— Ela já se foi. Aqui.

Ainda sorrindo, empurrou a vítima sobre Carlos e jogou-se sobre seu parceiro. A mulher já estava morta, degolada com um talho. Até o Civil dar-se conta que ela estava além de qualquer socorro, o parceiro já levava a terceira facada. No meio da coisa toda, Carlos havia derrubado sua arma. Jogou-se para pegá-la, mas o miserável o alcançou antes, chutando-o pra dentro das "límpidas" águas do Passeio.

Ensopado, ele conseguiu encontrar Samuel ainda vivo, cuspindo sangue, segurando as tripas.

— Aguenta, soldado... ouve a sirene da ambulância...

— E da polícia também, Lito... chega antes... não deixa ele ser preso... você tá entendendo?

Ele entendeu muito bem o amigo enquanto ele morria na chuva. Sabia onde o desgraçado se escondia. Um relâmpago iluminou o céu na madrugada, e o policial, ensopado, atravessou a rua pro Colégio Estadual, logo ao lado. As sirenes chegaram com suas luzes e gritos intermitentes, e ele fugiu delas pela porta da manutenção arrombada que levava ao subsolo, onde as carteiras velhas se empilhavam. Atravessou os corredores na escuridão, até alcançar o velho depósito que ele e o parceiro haviam encontrado mais cedo naquele dia, para onde o lunático levava suas vítimas.

E lá o encontrou, levantando acampamento, lanterninha sobre uma cadeira, enfiando tudo apressadamente numa mochila velha do Colégio.

— Acabou, Sorriso. Vira devagar.

Ele virou sorrindo para a mira do trinta-e-oito, as sombras rasgadas pelo facho da lanterna mostrando-o como o monstro que era.

— Onde está? Tudo o que pegou delas?

— Ah, detetive... estou guardando. Para a dama de verdade. Que não encontrei até hoje.

A lanterna tilintou e morreu. Então não houve luz alguma além dos disparos, faiscando nos arcos desenhados pela faca. O estroboscópio dos tiros iluminaria cada uma de suas noites depois daquela.

Presídio do Ahú. Hoje, duas da manhã.

Chico Buarque começou a cantar "Roda Viva" no rádio do Corcel II prata estacionado a duas quadras da entrada da prisão. Carlos o desligou antes do refrão. No banco de trás, o bronco apertava a alça de sua valise até o baquelite ranger.

— Meu bem, se quer apertar alguma coisa, estou aqui.

A loira bateu o indicador e jogou para fora da janela as cinzas do cigarro Plaza.

— É Miguel, não é? Vamos lá, esse corpo que não cabe no terno... e essas mãos. Não são de advogado.

— Ele apagou a luz da minha vida. Nada mais restava aqui fora. Então entrei atrás dele. — Moveu o polegar para o presídio. — Mas não deu certo. Saí, entrei, perdi a conta quantas vezes foram. Aí mudei de tática. Estudei, me formei, virei porta-de-cadeia. Meus clientes chegavam bem perto dele. Assim fiz a vida dele um inferno lá dentro. Furei ele mais do que queijo suíço. Uma vez até botaram fogo na cela com ele dentro. — O riso morreu tão rápido quanto veio. — Mas o merda não morreu. — Perdeu o olhar na janela do lado de fora.

— Essa sua luz, tinha nome?

— Fátima. — Miguel ergueu o punho esquerdo fechado, a aliança ainda no dedo. — E a senhora?

— Por favor... essa palavra corta como uma faca. Só Cibele. Minha irmã Sara foi a oitava vítima. Estudava de noite, passava pelo Homem Nu até o ponto de ônibus. Acredita que ela chegou a me contar sobre o desgraçado? Contou que um menino estava acompanhando ela. Estava toda encantada. Disse que tinha um sorriso bonito... Não: perfeito. Perguntou se ela gostava de joias — a voz falhou em um soluço, e ela engoliu o choro, limpando a lágrima antes que borrasse o rímel. — Deus, quero fazer um colar com os dentes dele...

— Lá — disse Carlos, que até então olhava por um binóculo do banco do motorista — Está saindo.

Os portões se abriram, e uma pequena escolta de agentes saiu, vendo que o plano de soltar o prisioneiro de madrugada havia dado certo. Além de um perseverante repórter da Tribuna, a mídia não deu a mínima para a soltura. Então ele saiu pelos portões: uma figura esguia, de olhos fundos, cabelo ralo e barba por fazer, trajado de roupa barata fornecida pelo irmão, que aguardava com o carro do lado de fora. Os dois imediatamente discutiram, sendo visíveis os gestos exaltados e, mesmo à distância, na quietude da madrugada, ouviam-se os berros. A discussão cessou, entraram no carro e partiram, deixando os agentes chacoalhando a cabeça no portão. O Corcel seguiu logo atrás.

Trinta anos antes.

“Logo após o Policial Militar Samuel Bernardes ser ferido pelo acusado, o Policial Civil Carlos Volpi o perseguiu até o subsolo do Colégio Estadual do Paraná, onde o confrontou, alvejando-o quatro vezes.

As equipes chegaram logo em seguida, levando os feridos para o pronto socorro do Hospital das Clínicas. O PM Samuel não resistiu aos ferimentos, mas o réu sobreviveu para responder à Justiça.

"Ouvidas todas as testemunhas, o interrogatório de Ezequiel Marques, o Sorriso, iniciou-se sem atraso, às treze horas. O réu respondeu às questões da acusação de maneira contida e cordial, chegando a convencer muitos dos presentes de que era incapaz das monstruosidades atribuídas a ele. Contudo, em reviravolta surpreendente, uma série de provocações contundentes da promotoria surtiram efeito, fazendo o Sorriso explodir diante do júri. Passou a gabar-se grotescamente do que havia feito com as vítimas. Em vão, seus defensores tentaram contê-lo, e restou-lhes apenas escutar, como os demais presentes, cada um dos pormenores, descritos vividamente pelo facínora.

"O não inesperado resultado do rompante foram onze condenações por homicídio doloso qualificado, para uma pena total de séculos. Pelas leis do país, contudo, ele permanecerá preso por no máximo trinta anos.

"Quando falou a este jornal sobre a pena, Ezequiel não exibiu seu infame sorriso. Melancólico, expressou apenas que não deviam soltá-lo porque uma vez livre, mataria de novo."

Hotel Odage. Hoje. Três da manhã.

Não sabiam o que havia acontecido no carro. O irmão do Sorriso largou ele e uma trouxa de roupas no meio da Barão do Rio Branco. Carlos o seguiu à distância, avaliando a cada trinta segundos se poderia simplesmente atropelá-lo e fugir. Acabou seguindo-o até ele virar na Visconde e entrar no Odage. Agia com familiaridade. Como se voltasse para casa.

Era a deixa de Cibele. Foi de isca voluntária. Alisou as roupas justas no corpo, arrumou os peitos e entrou no hotel. Uma debruçada e algumas ronronadas para o atendente renderam o número do quarto do "chegado" que havia entrado há pouco. Alugou o quarto ao lado, indo até a entrada apenas para fazer um sinal de positivo para o Corcel na rua.

Voltou para dentro. "Ploc, ploc, ploc", martelaram seus saltos diante da porta do quarto vizinho. Entrou no seu próprio, pegou o telefone e o cinzeiro e foi para a janela.

— Ai, querido, então você não vem? Que chato. É claro que estava com saudade. Mas é do tipo que posso matar com outra pessoa!

Bateu o telefone e ficou no parapeito, fumando e enrolando um dedo no cabelo. Para ela, Carlos estava otimista demais com aquele plano. Tinham que ser realistas: poderia dar certo, mas poderia demorar. Quanto tempo levaria para...

Notou algo na janela ao lado, virou-se e estremeceu. Lá estava ele. O sorriso perfeito.

Rua XV de Novembro. Quatro da manhã.

Os petit-pavés lustrados por milhões de passos cintilavam umedecidos pela garoa.

Ele era encantador. Mesmo castigado pelo tempo na prisão. "Sei bem como é essa saudade", começou ele. Depois disse que ela trazia lembranças. "Alguém de quem gostei no passado." Cibele sorria nervosa, tentando parecer que era porque caía no papo. Não queria pensar na irmã Sara, e como sempre foram parecidas.

Rumaram para o Centro, pararam em uns inferninhos, terminaram na XV, perto da Praça Tiradentes. Carlos largou o Corcel com Miguel e seguiu os dois a pé. Atraía menos atenção do que o brutamontes.

O homem arriscou uns toques suaves, e ela deixou. Os dedos enroscaram nas dobras de suas roupas, ela relutou, mas deixou. Então os apertos pegaram pele, um pouco de carne, e ela se fez de difícil. "Que tipo de mulher pensa que eu sou? É bom me tratar como uma dama." Aquilo atiçou algo dentro dele. Jurava que ouviu a mandíbula dele estalar.

— Quero te dar um presente — disse ele, praticamente salivando. — Mas preciso pegar. Vem comigo?

Pararam um táxi e embarcaram. Carlos emergiu do bar de onde acompanhava tudo e, como se invocado do inferno, o Corcel prata entrou na rua derrapando, freando na frente dele para que entrasse.

Perto da Rodoferroviária. Quatro e meia da manhã.

O táxi largou o casal na frente do velho sobrado à beira da ferrovia. Cibele estava aterrorizada, sem transparecer. Estremecia de nervoso, mas dizia ao Sorriso que era de frio.

O assassino tocou a campainha. Demoraram para atender, até que uma figura familiar surgiu na janela de cima. Era o irmão dele. Discutiram de novo. Não queria deixá-lo entrar. Ezequiel berrou que a casa era dele também. O irmão estava irredutível. O Sorriso se acalmou e disse o que queria:

— O chaveiro da Rede. Está enganchado com as ferramentas do pai, na parede da garagem.

O irmão entrou, demorou, reapareceu dizendo que a garagem estava entupida e não conseguia chegar às ferramentas, que voltasse de dia. O Sorriso pareceu contido, prometeu que só pegaria a chave e nunca mais voltaria.

A promessa pareceu uma ideia maravilhosa para o irmão. O Sorriso deixou Cibele no portão e entrou. Carlos e Miguel chegaram logo em seguida. Ela ainda contava o que tinha acontecido quando ouviram o grito.

Ultrapassado o portão externo, Miguel meteu o ombro na porta com tal ímpeto que ela partiu-se ao meio. Na sala de estar, Ezequiel segurava o corpo degolado do irmão e, ao vê-los, abriu um grande sorriso e brandiu a faca sangrenta.

— Falei pra não me soltarem.

Carlos fechou o porta-malas do carro. Ofegantes e com as roupas sujas de sangue, os três se entreolharam. Com o cotovelo pressionando a toalha sobre a facada que tomou no bucho, Miguel fechou as pontas do lenço em uma pequena trouxa e entregou para Cibele. A loira apertou o pacotinho, sentindo seu conteúdo como se fossem pequenas contas.

Seguiram os trilhos até encontrarem a fachada arruinada de uma antiga estação da Rede Ferroviária Federal. Arrancaram algumas tábuas e lá estava o armário enferrujado de metal descrito pelo Sorriso. Carlos enfiou a chave com chaveiro da Rede na fechadura e o negócio resistiu.

— Claro — disse Cibele. — Está assim há trinta anos.

Forçaram o armário e ele abriu. Os troféus do Sorriso estavam num saco de estopa, que foi virado no capô do Corcel. Brincos, colares, pulseiras, anéis. Joias de todo tipo.

— O que fazemos? — disse Cibele.

— O que quiser, com a sua parte!

Dito isso, Miguel enfiou um punhado de joias no bolso e desapareceu na noite. A loira enfiou algumas na bolsa, e Carlos jogou o resto no banco de trás do Corcel. Deixou Cibele em um terminal de ônibus e acenou para ela pela última vez.

Ligou o rádio para ignorar as batidas no porta-malas. Resolveria tudo com uma viagem às cavas do Rio Iguaçu.

Eduardo Capistrano (1980-), curitibano, escreve desde 2002. Autor de *Histórias Estranhas* (2006), *A Quarta Dimensão* (2011), *Arquivos de Guerra* (2015), *Escravos dos Sentidos* (2017), *Lamento e Perdição* (2021), *Caçadores da Rua do Bosque* (2022), *Peace and Love, Inc.* (2023) e "Metropolis" (2024), todos pela editora Clube de Autores. Saiba mais em edcapistrano.blogspot.com

A MORTE DA SAÍRA QUE NÃO ERA PRECIOSA, MAS SIM SAPUCAIA

Fabiano Vianna

Eu e o vô encontramos um pássaro morto no quintal.

— É uma saíra-sapucaia — ele diz.

O corpo é do tamanho de sua mão.

A mão do vô é grande e seus dedos são grossos de tanto fumar cachimbo.

— O que difere a saíra-sapucaia da saíra-preciosa é que a sapucaia tem o dorso preto — ele diz.

Há muitas aves dentro da cabeça do vô. Acho que é por isso que ele usa boné.

Ele diz que a levará até a oficina para empalhá-la.

Empalhar é tipo mantê-la viva, sem estar viva.

Ela continua como está, sem se transformar em esqueleto.

Abre a barriga, depois enche de algodão e palha.

No final, costura a pele dela com fio de pesca usando uma estrutura de arames.

Depois o vô a coloca para justificar a estante. Digo justificar porque se não fossem os bichos, ela não existiria e a casa seria apenas um monte de paredes vazias, com janelas e portas.

Eu queria que os pássaros nunca morressem, e quando morressem, eu não queria ver os corpos deles caídos na sacada.

Eu prefiro ir até lá e encontrar apenas folhas de plátano, grimpas ou pitangas.

No verão, eu e meu vô costumamos caminhar entre os arbustos levantando as pedras. Há uma infinidade de pequenos mistérios – tatus-bola, minhocas, besouros. No inverno, voltamos para dentro com os bolsos cheios de pinhões.

O quintal do vô cresce um pouco mais a cada dia. Ele cresce até mesmo na forma de pelos no nariz dele.

Um dia será do tamanho de Curitiba inteira, e aí não haverá mais calçada onde os pássaros possam cair mortos.

A maioria das coisas que acontecem, eu registro na memória. Mas às vezes desenho em meu caderno, que é como se fosse a minha memória também.

Faço isso para não esquecer. O vô empalha para lembrar.

Mas quem vai empalhar o vô quando morrer, se nem eu e nem a vó sabemos fazer o que ele faz?

A única coisa que sei fazer é desenhar. Começo sempre pelo boné.

Perto do lugar onde a saíra caiu, vejo um dardo ensanguentado. Daqueles que se usa para testar a pontaria.

Dez, nove, oito, sete, seis pontos...

O alvo — na parede da garagem do vizinho.

Fabiano Vianna nasceu em Curitiba, em julho de 1975. Formou-se em Arquitetura e Urbanismo pela PUCPR em 2001. É escritor, designer e ilustrador. Lançou em 2009 uma revista de literatura pulp chamada "LAMA" – de suspense e terror. Iniciou em 2017 um projeto de desenhar cenas de terreiro e entidades da Umbanda, chamado "Sketchmacumba". É coautor do livro "Sketchers do Brasil" e integrante do movimento "Urban Sketchers". Lançou os livros de contos "Quem costura quando Mirna costura" (2021) e "A inesperada gravidez da casa de lambrequim" (2023) pela editora Arte e Letra.

O VULTO-POETA

JAQUELINE CONTE

Havia já umas boas semanas. E sempre o mesmo procedimento. Na casa número 8 da rua mais mal iluminada do centro de Curitiba, uma pessoa vestida de preto da cabeça aos pés chegava a passos ligeiros e deixava um envelope preto na caixa de correio. Quase sempre nas noites de terça-feira e de sábado. Ocasionalmente, às segundas e quintas.

A casa era uma das poucas moradias da região, enfurnada entre dois prédios comerciais, quase tão antigos quanto ela. Nela morava Augusto, um jovem estudante de História, que, afora os compromissos formais, não costumava sair muito de casa. Agora, tinha ainda mais motivos para permanecer recolhido em seu pequeno refúgio, sobretudo depois que o sol caía.

Só por duas vezes conseguiu avistar a pessoa que lhe mandava poemas de amor em envelopes pretos. Mas foram frações de segundo até que o *frame* negro depositasse a carta e sumisse na penumbra.

Augusto mantinha-se em vigília para flagrar o vulto-poeta. Mas era ir à cozinha para pegar um copo d'água ou correr para o banheiro e já perdia a visita.

Não contara a ninguém no começo. Parecia coisa de filme. Ninguém acreditaria. Além do mais, ele quase não tinha amigos. Contou apenas à irmã, depois da sexta semana de visitas, porque ela lhe tinha ligado convidando para jantar no sábado em sua casa em São José dos Pinhais. Bia nunca debochava dos sentimentos do irmão caçula.

Que a tua boca me espere
Úmida de expectativas
(...)

Aquilo foi ficando mais e mais intrigante. E o coração de Augusto, tenso e empolgado, como em concentração de escola de samba (do Rio) antes do desfile.

Esqueça!
Não me verás à luz
Sou do contra
Bicho de sombra
Mas um dia nos encontraremos
Não tema, não tarda
Num cenário horizontal

Uma quantidade infinita de pólvora era colocada, em periodicidade controlada, no peito e no corpo do jovem, que não sabia bem como administrar aquilo. Administrar o inadministrável.

Quem seria aquele vulto? Por que não acabava logo com aquilo? Fosse quem fosse, ele queria riscar o fósforo! Era urgente.

Frequentemente, sonhava com aquela figura. A silhueta negra ora era esguia, ora parecia mais encorpada. Ora era uma completa surpresa, ora alguém que já conhecia ou que queria muito conhecer. Em nenhum dos casos ele era capaz de identificar o rosto. Invariavelmente acordava suando, em misto de êxtase e morte.

Cuidado com o medo
Esqueça o fio de Ariadne
Perca-se no caminho
Se me quer perto
Deixe-me o campo aberto
Receba-me, passarinho

O poema da terça-feira, vigésimo primeiro dia de visita, caiu-lhe como um soco; e como um sonho; e como uma senha. Já na quarta, passou a deixar abertos o portão do jardim e a porta de entrada. Abertos todos os acessos da casa antiga, sem postes na rua, no centro de Curitiba. Nada podia ser mais confortável naquele momento do que a ideia de resolver de uma vez por todas aquele mistério gozoso. "Após a anunciação, a visitação", pensou o jovem que passou a infância no interior, entre novenas e missas, exercendo o dignificante e curativo trabalho de coroinha. Bateu na cabeça logo em seguida: "Sacrilégio!".

Na sexta, Augusto estava mais limpo e arrumado do que nunca. Até desenterrou a tábua e o ferro de passar, para deixar impecável a camiseta branca.

Eram 23h59 quando o vulto apareceu, agora sem pressa, com o envelope preto nas mãos. Abriu a trinca do portão e caminhou devagar pelo pequeno jardim de cravos.

Tocou delicadamente a porta, que abriu com facilidade. À sua frente, o jovem, estático, tentava esboçar um sorriso. O vulto estendeu-lhe a mão direita, oferecendo-lhe a carta. Com a esquerda, puxou para trás o negro capuz.

Augusto pegou o envelope. E o mundo se desfez.

Gazeta da Cidade
Desde 1950

Gazeta da Cidade – Terça-feira, 12 de maio de 2022 – Cidades – p. 7

VULTO-POETA - Membro de grupo neonazista mata jovem homossexual no Centro

O estudante Augusto Esperança Alvelino, 18 anos, foi morto com três tiros à queima-roupa pelo técnico em contabilidade Carlos de Omondo Steff, de 39 anos, na residência do jovem, no centro de Curitiba, no último sábado, 9. Segundo a polícia, o estudante, que era homossexual, não sabia a identidade do assassino, que há três meses deixava cartas de amor na caixa de correio do rapaz.

"O Augusto estava apaixonado por essa pessoa, a quem ele chamava de vulto-poeta, mas que ele não sabia quem era. Ele escrevia poemas para o meu irmão. Ele se apaixonou. Não conseguiu perceber o perigo. Eu falei pra ele tomar cuidado. Meu irmão foi ingênuo; foi crédulo demais. Ele confiava muito nas pessoas.", disse à reportagem Beatriz Esperança Alvelino Penteado, de 29 anos, irmã da vítima, que encontrou o corpo do jovem, no domingo de manhã, com dois tiros na boca e um próximo ao coração. Ao lado do corpo havia um envelope, cujo conteúdo não foi divulgado.

Augusto cursava o primeiro ano do curso de História, na Universidade Federal do Paraná, e é descrito pelos colegas de classe como "reservado" e "estudioso". Morava sozinho em uma casa de um cômodo, próximo à universidade.

O criminoso foi preso na manhã de ontem, em sua casa, no Xaxim. Os policiais chegaram ao endereço após analisarem os poemas escritos pelo homem e entregues à vítima. Um deles fazia referência a um monumento muito peculiar. A descrição levou os policiais ao bairro e aos arredores do monumento. Após sondagem com a vizinhança, buscando pessoas que pudessem ter comportamentos violentos ou atitudes que levantassem desconfiança, a polícia chegou à casa do atirador, onde foi encontrado o revólver calibre 38 usado no crime, duas espingardas e uma granada, além de dezenas de envelopes pretos e dois blocos de papel, idênticos aos das cartas recebidas pela vítima. O computador do atirador foi levado para perícia.

Jaqueline Conte é jornalista, pesquisadora e escritora de literatura infantil e juvenil e de poesia. Tem seis livros publicados, *Céu a Pino* (ed. Patuá), *Desterência* (ed. Peirópolis), *Sonhos de uma noite de verão no zoo* (ed. Krauss), *Os jornais de Geraldine* (ed. Arte e Letra), *Passarinho às oito e pouco* (ed. Insight) e *Na casa amarela do vovô e outros poemas para brincar* (ed. Tapioquinha), também editado em Portugal (ed. Trinta por Uma Linha). É investigadora do Programa de Doutoramento em Materialidades da Literatura da Universidade de Coimbra.

NÃO MATARÁS

Jonatan Silva

Tinha uma praga entre os lábios, mas se conteve.
Franz Kafka

O pior de tudo era o barulho da cadeira giratória, velha e cansada e que, como eu, já vivera também seus bons momentos. A era de ouro, como diria o meu pai. O sofá na antessala tinha ainda memórias melhores, mais vívidas que seu tecido puído, entretanto o que realmente me incomodava não era que o meu tempo tinha passado, mas que aquela cadeira se tornara um entulho dentro do escritório.

Fazia décadas que já não tinha secretária, que o próprio detetive, eu mesmo, se tornara, em boa parte do dia, o único corpo vivo ali dentro. Da janela no alto do Tijucas, eu observava a Osório e como Curitiba funcionava bem. Em um lado da praça, os traficantes, do outro, a polícia. No meio desses dois mundos, da sacanagem e da lei, orbitava o povo comum, as famílias, as pessoas que não se davam conta do que acontecia à margem da sociedade deles. Essa organização, que tanto me impressionara, perdera o charme, mas ainda existia tão forte quanto antes – e até mesmo tão organizada como nunca antes.

Se tivesse alguém com quem reclamar, não diria nada. Fugiria dos clichês e dos lugares-comuns em que a profissão enfiava cada homem. Só não conseguia escapar das minhas memórias. Isso, eu sabia muito bem, era impossível. Talvez nem fizesse esforço para que esse fenômeno acontecesse. Só tinha medo de ficar como um sujeito, sobre quem lera uma vez, que não esquecia nada, que se transformara em um memorioso inveterado.

O telefone toca.

Espero. Sempre gostei de aguardar três toques, ao menos. Era ocupado demais para atender de primeira, caso Gladys, a última das minhas secretárias, não atendesse – porque também era ocupada demais. Antes, pensava, parecia não existir ninguém de respeito que fosse ocioso.

O telefone para. Dois toques.

Havia se tornado raro que tocasse. Em geral, engano ou gente tentando vender empréstimos para aposentados. Quem mais teria um telefone fixo hoje em dia? Imagina se soubessem que eu ainda tinha um aparelho de disco? Seria a apoteose da agiotagem regulamentada. O troço tocaria todo dia, o dia todo, sem parar. Um inferno.

— Um inferno — disse em voz baixa.

O armário de bebidas, esse velho malandro, nunca se perdera no tempo. Estivera todos esses anos ali, atrás das mesmas duas portas de mogno, à direita da mesa do detetive, para que fosse fácil de alcançar em um momento de necessidade – e eles ocorriam com frequência, duas ou três vezes ao dia. Trabalho na pressão, sempre justificava. Em certos casos, como o do escritor que matou a esposa afogada no Passeio Público, ainda mais.

— O cara matou a mulher no Passeio Público — contei para mim mesmo, como se não conhecesse a história. — O sacana não suportou a pressão da sua dona e teve que dar fim nela.

Recostado na cadeira, passei a mão num tufo do estofamento que florescia em um dos braços e acariciei a bolota branca de espuma. Meus olhos cruzaram todo o escritório, passaram pela porta da sala, atravessando a janelinha fumê – que me deixava espionar a sala de espera e a antiga mesa de Gladys – e ficaram cravados na outra janelinha, da porta de entrada. Benjamin Ganubla detetive. O meu nome escrito em um arco, detetive reto, firme, como pedia a profissão. O azul dos olhos parou ali, estacionou em cada letra, que ressoava os sons de Curitiba, os cheiros da ruas e das gentes que passaram por aquele umbral.

Quando o caso chegou, eu já tinha lido sobre ele no jornal. Havia gostado da história, parecia intrigante, deveria dar uma investigação interessante, mas não moveria um dedo se não fosse pago. Fora Gladys quem me havia apresentado ao assunto. A secretária, uma polaca bem instruída, tinha um sobrenome impronunciável até mesmo para mim que, geralmente, a chamava de minha flor. Na verdade, a todas as mulheres.

— O que temos pra hoje, minha flor — disse assim que entrei.

Era típico. Coloquei o blazer no porta-casacos e olhei para o jornal.

Na mesa de Gladys, a Tribuna, aberta bem no caso da mulher do escritor.

Estranhei. Odiava aquele jornal e detestava os seus jornalistas, fotógrafos, tipógrafos, *office boys*, faxineiros, porteiros e qualquer pessoa que tivesse a mínima ligação com aquelas páginas. Em meus dias de fúria, estendia a raiva também para as terceiras gerações dos funcionários.

O rancor tinha motivo, ao menos para o detetive. Investigar um caso sempre se tornava mais difícil quando os jornalistas inventavam testemunhas – isso quando não criavam eles mesmos o crime –, modificavam o andamento dos fatos – para ficar mais interessante, diziam –, ou pior, quando os fotógrafos modificavam a cena do crime. Tudo para vender mais jornal. Tudo para sair bonito na foto.

— Doutor Ganubla — uma vez inventei de pedir para uma secretária me chamar de doutor, e gostei da ideia —, tem um cliente esperando na sua sala.

Algo normal no cotidiano de um detetive.

O homem se levantou, solenemente, e estendeu a mão. Seria um toque preciso, articulado e sensível, não tivesse eu passado reto, desviando o cumprimento. Em silêncio, a mão já retesada e dentro de um dos bolsos da calça, o homem esperou que eu fizesse qualquer gesto para que se sentasse também. Acomodado em minha cadeira giratória, observava impávido o cliente, até que o homem se sentou. Quando as costas tocaram o espaldar da cadeira, o cliente fingiu se acomodar. Uma das pernas estava meio dormente, e as mãos perdidas: ora sobre o braço da cadeira, ora sobre a perna cruzada.

Ele esperava que eu acendesse um cigarro, mas apenas ofereci. Ninguém fumava. Uma decepção para os dois.

Já não me lembrava das primeiras palavras que trocamos. Essa era uma das poucas névoas sobre o caso. Também não conseguia recordar se já desconfiei do cara logo de início. Pouco importava.

Começava a anoitecer, e Curitiba no inverno se torna insuportável.

O caminho até em casa era o mesmo fazia tanto tempo que, se ficasse cego, poderia percorrê-lo sem ajuda. Tudo na minha vida era exatamente a mesma coisa havia tanto tempo que já não fazia questão alguma de mudar, ficava até mais confortável deixar tudo como está. Até o ronronar do elevador, tão delicado e macio, me dava segurança. Algumas pessoas pelo caminho, é claro, mudavam.

A maioria dos meus amigos de começo de carreira estavam mortos ou se tornaram uma sombra nalgum canto da cidade. No fundo, no fundo, não sentia falta deles, mas de tudo o que havia vivido com eles. O passado é sempre melhor que o presente. E o futuro, dizia, não passa de uma ilusão barata para vender convênio médico. Pior ainda é a promessa de vida eterna e os vendedores de plano funerário. Esses sim não valem nada.

Desci no térreo e cumprimentei Jeremias, o porteiro. Sempre achei engraçado que certas profissões pareciam exigir nomes específicos. A Osório me recebia mais uma vez. Cogitei passar no Stuart, mas desisti. Estava velho demais para tomar qualquer coisa na noite fria que chegava. Havia me tornado um velho medroso, não podia ficar à mercê da gripe, sempre sorrateira, à espreita para levar o próximo septuagenário.

A Rua XV estava cheia. Gente voltando para casa, estudantes indo para o bar, as prostitutas ainda fantasiadas de senhoras de respeito. Eu gostava de tudo aquilo. Respirava cada uma dessas contradições tão curitibanas.

O escritor também.

Esses tipos todos apareciam nos seus livros, muito descritos, delineados como se tivesse retratado a realidade escarrada. E eu gostava do que o sujeito escrevia. Devia passar as tardes no calçadão, zigue-zagueando atrás de histórias que ouvia de soslaio na Boca Maldita. Certa vez, um jornalista contou que o escritor pegava a fila do Bamerindus todo dia, na hora do almoço, só para escutar o que os correntistas contavam. Dizia-se até que não gostava de quem só tinha poupança porque era gente muito precavida, que não participava de grandes emoções e, portanto, não daria boas histórias.

Enquanto atravessava o calçadão com a Doutor Muricy me dei conta de que resmungava tudo o que pensava. Um grupo de jovens ao meu lado dava as risadinhas que tentavam disfarçar, mas que não disfarçavam nada. Idiotas, disse, e olhei para eles. Secaram os sorrisos, mas ninguém se chocou, ninguém se aterrorizou diante do velho que falava sozinho. Eu tenho história, caramba. E saí, passando pelo chafariz e cruzando a Marechal.

Curitiba é um inferno, pensei. Ou, quem sabe, até tenha falado em voz alta. Tanto fazia.

Senti cheiro de café. A Confeitaria das Famílias.

Eu e o escritor nos encontramos naquelas cadeiras para debater o caso.

Foi ali, dias depois, sentado e comendo uma rosca espanhola, sozinho, que suspeitei pela primeira vez que o marido poderia ser o assassino. O que será que me fizera desconfiar do escritor? Como poderia ter passado por uma lembrança como essa? Maldita memória.

A mulher do escritor foi encontrada quatro dias depois da conversa na confeitaria do velho Tezardo. Ruth estava no fundo de um dos lagos do Passeio Público, perto da Ilha da Ilusão. O corpo já não era dela, estava devastado pelo tempo. Uma semana apodrecendo embaixo d'água.

Tropecei num petit-pavê solto e escutei uma risada, larga e gostosa, daquelas que saem com a espontaneidade de um pão francês da Panificadora América.

Na porta da loja, um jovem tatuado, boné e camiseta longa – que eu chamava de vestido masculino, misoginia perdoada pela idade. Era o imbecil que gargalhou.

— Quem sabe você chegue à minha idade — disse.

O rapaz ficou empertigado, se ajeitou na porta, mas notou que os meus olhos de velho detetive estavam presos na parede, cravados em uma placa que ele jamais havia se dado conta. Me aproximei, toquei o metal como se acariciasse um amigo.

Pensei no Nireu Teixeira, e fiquei segundos eternos recordando as tardes que passava na livraria. Boné na mão, o rapaz se aproximou e esticou o corpo para ler o poema eternizado. *A Porta,* de Nireu Teixeira. Aquela porta, a mesma pela qual eu, Nireu e tantos outros entravam e saíam diariamente, fora a Livraria Ghignone.

Me afastei o mais rápido que pude.

Nireu disse que não iria à livraria naquela tarde, mas pediu que *eu* fosse e buscasse um livro que havia encomendado, que depois passaria na casa do Mr. Holmes das Araucárias – apelido que eu desprezava com carinho, preferia que me chamassem de Marlowe – e pegaria o tal pedido.

— Ganubla, meu velho. — Escutei.

O sujeito era alto, magro e tinha um bigodinho insosso. Cheirava a charuto e rum.

— Joaquim — respondi, franzindo a testa de tal forma que até os óculos se mexeram. — O João não se importa que você venha trabalhar desse jeito, cacete?

— Ora, sou como o Bandeira.

Virei o rosto de leve, os óculos se movimentaram mais uma vez.

— Vamos lá, pense — respondeu o atendente.

— E eu lá sei. Vai fazer um pneumotórax, decerto.

— Pô, seu detetive — Joaquim emulava a voz de malandro —, sou do tempo que os policiais eram durões e tinham um pouco de cultura. O que você faz aqui na livraria?

Eu havia preparado uma resposta que misturava Marquês de Sade, a mãe de Joaquim e George Bataille. Em vez disso, falei mansamente:

— Vai, explique.

— Aqui sou amigo do rei, caramba. Não tenho a mulher que quero e nem mesmo a cama que escolherei, mas ninguém acha ruim que tome uns traguinhos.

— A piada é igual você, Joaquim: meio criativa, meio ordinária.

Joaquim esperava a resposta à altura, e riu. Entregou o pacote do poeta e saiu.

Nas mãos, *La Ronde de nuit*, livrinho de um escritor que eu ignorava. Antes de sair, peguei um jornal.

Outro corpo encontrado no Passeio Público.

A manchete era típica. O jornalismo barato, o sensacionalismo cotidiano e a banalidade da tragédia. Gritei para o Joaquim. Dinheiro na mesa. Saí apressado e fui à Confeitaria das Famílias.

Não muito longe de onde o corpo de Ruth esteve por quase uma semana, a polícia descobriu outro cadáver. Um velhote, que um dia fora alto e forte. O estado do cadáver era ainda pior que o da mulher do escritor.

Foi na Ghingone que eu passara a desconfiar do próprio cliente. E não na confeitaria do Tezardo. Ou estou confuso? Nada mais clichê.

Eu, entretanto, jamais vira um caso parecido. Essas coisas só aconteciam nos filmes e na literatura vagabunda – que dava no mesmo.

A primeira aposta era a mais óbvia: Ruth e o outro defunto tinham um caso

O Passeio Público passara a ter uma multidão olhando para os lagos, procurando outros crimes. Tinha quem mergulhasse e era retirado pela polícia. A curiosidade é mesmo um sentimento mórbido, terrível. Os jornais anunciavam um assassino sanguinário, um matador em série. Especulavam se o parque era só um local de desova ou se as mortes aconteciam ali mesmo.

Sentia que sabia algo que ninguém sabia, nem mesmo eu.

Estava encurralado, verdadeiramente preso, acorrentado aos meus pensamentos e suspeitas.

Se fosse mesmo o assassino, o escritor, eu estava perdido, porque solucionaria o crime e não receberia nada.

***

— Precisamos conversar — disse ao telefone. — Pode passar aqui amanhã de manhã?

***

Gladys entrou no escritório sem bater. Não me irritei, não daquela vez. A secretária anunciou o cliente e saiu. Parecia assustada. Será que também desconfiava do sujeito?

— Vou ser direto — disse e me recostei na cadeira. Olhei para o teto, os dedos entrelaçados na barriga. — Estou precisando de uma ajuda extra, e preciso molhar, digamos, certas mãos. O caso é que, essas mãos, usam anéis de ouro.

— Quanto? — retrucou com serenidade.

A voz do escritor estava leve, não descontraída, mas parecia aliviada. Ao menos, foi o que imaginei ter percebido.

Joguei a cifra.

Era a metade do combinado.

O escritor reclamou, sem regatear. O cheque estava assinado.

Três minutos depois, o escritor estava no calçadão.

Pedi que Gladys fosse até o banco e trocasse o cheque. Antes tirei duas fotografias, que mandaria revelar à tarde.

Estava encafifado. O velho permanecia indigente – a polícia não havia descoberto a sua identidade e tampouco reclamaram seu corpo – e seria enterrado assim, sem nenhum direito à memória. Quem diabos era aquele homem? E qual a ligação com Ruth?

A história de que os dois poderiam ser amantes não parecia se encaixar. Eu jamais me casara, o que não significava que fosse um homem solitário, porém não entendia certas dinâmicas das regras conjugais. A fidelidade e a posse representavam somente duas incompreensões de um catálogo mental imenso que possuía e que sempre dava as caras nos momentos mais impróprios – como esse.

Estava, portanto, na hora de sujar os sapatos, finalmente. E a primeira coisa a fazer era o óbvio: escarafunchar o esconderijo do suspeito.

O escritor morava na mesma casa havia muito tempo. Antes mesmo de conhecer Ruth, ali era o seu reduto de reclusão. A residência, em estilo modernista e com paredes amarelas, não ficava muito distante do Tijucas, e eu iria a pé. Não queria encontrar o cliente; na verdade, melhor seria evitá-lo, ser e estar invisível ao sujeito que pouco engordara minha conta bancária. Quem sabe até conseguisse receber o resto antes de mandar o marido para a cadeia.

Cheguei cansado. Estava fora de forma. Definitivamente, fora de forma. Que inferno, pensei, e senti sede. Poucos metros adiante, uma padaria. Seria ali a fonte dos pães que entravam na casa do escritor? Só saberia se perguntasse.

— Uma água com gás — pedi. A voz saiu dura e enérgica, como o fogo produzido pelo atrito de duas pedras.

Estava com fome também. A padaria era um reduto da grã-finagem, um lugar das pessoas importantes, gente de sobrenome, porém sem personalidade. Olhei a vitrine, pedi um pedaço de bolo de laranja.

— Você conhece o escritor que mora ali? — perguntei à atendente, apontando para a casa de pedra na esquina,

A guria, perplexa, quase derrubou o bolo. Eu não sabia se ficava mais preocupado com o silêncio ou com o pedido quase abortado.

— Senhor, eu não gosto de ler — respondeu, como se aquela fosse a única possibilidade de interação.

Não fora isso que eu havia perguntado, mas não insisti. Mentalmente, amaldiçoei as novas gerações, e agradeci em voz alta à prestatividade educadamente inútil da atendente. Talvez a empreitada fosse mais difícil do que imaginava. Dane-se.

Me recordava com exatidão desse dia.

Sentado em uma das mesas externas, observava a rua. A vigilância fora quebrada pelo pedido que chegava. Trouxe um expresso, que não havia pedido.

— Cortesia da casa — disse a moça, a mesma que me atendeu no balcão.

A calda doce e branca do bolo escorria pela fatia – havia sido colocada só para ele – e se preparava para parti-lo – a primeira garfada é sempre a melhor, a mais intensa, a que deixa memória mais vívida. Era a comunhão entre os homens e Deus, o momento sagrado de qualquer refeição. Uma oração. Mesmo ali, num pedido feito às pressas, na urgência do momento.

Uma voz interrompeu a missa particular do detetive.

— O que faz aqui?

O cara era alto e gordo, fumava um cigarro fedido, mas estava muito bem-vestido. Alinhado da cabeça aos pés. Um terno de corte italiano, um verdadeiro desperdício.

— Ora, Jaques — minha voz saiu meio engasgada, despreparada para uma pergunta tão vulgar — passando um tempo.

O sujeito era o delegado da Homicídios, truculento como o cargo pede. Nós dois, ex-colegas da Faculdade de Direito, já fomos mais amigos. A amizade, que nunca foi ferrenha, é verdade, se transmutara em uma estrada em noite de neblina.

— Não seja sacana, Benja.

Há quanto tempo não era chamado assim? A voz de Jaques ficou entalada no meu ouvido, até me dar conta de que estava com o garfo, carregado com bolo de laranja, no ar.

— Sempre que você aparece, Benja, algo não cheira bem — comentou e esculpiu um sorriso no próprio rosto.

— Que reputação horrível, Jaques — respondi.

— Você está trabalhando para o escritor, não é? — Apontou o nariz para a casa do cliente de Ganubla. — Deixe que a polícia faça o trabalho, por favor — disse, abrindo as mãos e levando a cabeça levemente para o lado.

Eu sabia, exatamente, o que aquele gesto significava. O delegado era um cínico de mão-cheia, um manipulador.

— E estou impedindo?

— Impedindo, bem, não está — disse. Baixou a voz e o corpo, olhando diretamente para os meus olhos, como se fosse cravar ali um preço. — Talvez comece a atrapalhar, não é mesmo?

Jaques sabia, tinha certeza, para ser honesto, que eu estava na região para fazer perguntas falsamente casuais aos vizinhos do escritor. E eu sabia que o delegado sabia.

E nenhum dos dois se importava com todas as informações e certezas que agora flutuavam entre os ex-colegas.

— Vai, coma seu bolo.

***

Outra vez, outra voz.

1 pão Blumenau

1/2 sourdough de nozes

1 italiano Eu conheço o escritor.

A mulher era bem-feita. Um corpanzil digno das madames que moravam na região. Tinha um perfume suave, uma roupa sóbria e a voz um pouco aguda. Minutos mais tarde, eu descobriria que ela pronunciava todas as sílabas corretamente. Por certo, era filha da nata curitibana, porém sem a vulgaridade silenciosa dos ricos.

— Você é da polícia ou só detetive?

Engoli em seco e respondi:

— Só detetive.

— Nada do que vou lhe falar é da minha conta, mas, por algum motivo, eu sei.

— Você quer que eu guarde segredo?

— Talvez mais que isso.

— O que pode ser maior que um segredo bem guardado, dona?

— A sua promessa — disse e foi interrompida pela garçonete. A minha confidente pediu um café, esperou que a moça entrasse, e se inclinou. — A sua promessa do meu anonimato.

— Tem a minha palavra.

— E se a polícia quiser saber quem lhe deu a informação?

— Tenho os meus métodos.

— Espero que tenha mesmo.

— Acredito que não deva perguntar seu nome.

A mulher virou os olhos. Não sabia disfarçar o incômodo. Não estava acostumada a ter que esconder quaisquer sentimentos. Era uma privilegiada.

— Francamente, o senhor não me reconhece?

Os tratamentos estavam melhorando. A minha memória, ao contrário, não acompanhava essa evolução.

— Para ser sincero, não tenho a mínima ideia.

— Benjamin Ganubla — e o meu nome soou mais bonito na voz dela —, que detetive é o senhor?

— Do tipo que não tem bola de cristal.

Ela sentiu o baque. De cara, percebi que estava ressentida. Tinha que consertar as coisas.

— Olha, começamos errado. Sinto muito.

— Leia o jornal e saberá — agora, quem sentiu fui eu —, mas não é para isso que vim aqui.

O café chegou e ela esperou, novamente, que a garçonete desaparecesse. Ela, por sinal, era mesmo – como descobri depois – membro da grã-finagem de Curitiba. E só estava no jornal porque era figurinha fácil na coluna social.

— Vamos lá, me conte o porquê a senhorita me procurou.

O escritor era um homem saudável, um cara que corria regularmente. O Passeio Público era o seu local preferido. Era ali, dizia ele, que tinha as ideias para os seus livros. Aquilo não me importava, é verdade, mas me fazia pensar. Tomo um gole de café quente. O inverno em Curitiba não dá trégua. E não é de hoje. É engraçado: lembro com clareza do rosto da mulher, me recordo até do seu corpo, como se fossem entidades autônomas, mas a roupa que ela usava me escapa completamente.

— Todo domingo, pela manhã — revelou a dona —, eles saíam para caminhar no Passeio Público.

Revelei alguma desconfiança.

— Domingo, caminhavam — disse com impaciência a mulher. — Ao longo da semana, ele corria. Ruth, a esposa, não corria, só caminhava. Deu para entender?

Entendi, sem dizer nada.

— Os dois saíam de casa todo domingo, caminhando até o parque. Sei por que já fiz esse caminho com eles, uma ou duas vezes. Talvez três ou quatro. Era um processo religioso para os dois. E, naquele domingo, não foi diferente.

Como ela conseguia contar tudo com tanta frieza? Contava a história como uma máquina escreve as palavras no papel. Quem pressionava as teclas dela?

— Pois bem, no domingo em que Ruth desapareceu, o sujeito voltou sozinho da caminhada dominical. Ele te contou isso, Ganubla?

— Não, não contou — respondi como um marido traído.

— Eu imaginei. — Senti o sarcasmo e um certo prazer maldoso na sua voz doce. — Algumas semanas antes, os dois chegaram em casa brigando. — Fiquei surpreso e perguntei se a vizinha havia escutado o que disseram. — Não dava para distinguir o que falavam, mas, pelo tom de voz, era uma discussão, certamente. A única coisa que me recordo de ter conseguido distinguir do todo o barulho que faziam, o que era bem incomum para eles, era algo que Ruth havia dito.

Porra, ela ia mesmo fazer suspense.

— E que era?

— Algo como: você não devia ter feito isso.

— E o que mais, dona?

— Só sei isso. Se bem que o meu *só sei isso*, é bem mais do que o que senhor sabe, não é mesmo?

A desgraçada estava certa.

Agradeci, deixei o meu cartão.

— Se souber de *mais alguma coisa*, me avise, por favor.

Fui até o IML.

— Quero ver o velho.

O legista fez cara de estômago.

— Duarte, para com isso. Você sabe de quem estou falando, o cara que acharam no Passeio Público.

O corpo estava bem estragado.

— Morreu do quê? — perguntei.

— Detalhes da autópsia só com pedido do juiz. Você sabe.

Alguns canalhas precisam ter a memória refrescada.

— O divórcio deu certo, Duarte? Conseguiu a guarda das crianças?

Anos atrás, Duarte desconfiava que a esposa tinha um caso com o cara do rabecão. Pediu um favor, ajudei. Agora se faz de esquecido e me vem com essa.

— O óbvio, afogamento.

— Não está ajudando muito.

— A questão é que achamos uma fratura no crânio, como se tivesse sido golpeado com um bastão de ferro ou uma pedra.

— E não foi isso que matou o sujeito?

— Provavelmente, não. Esse golpe, seja lá com o que for, deixou ele desnorteado. E pode ser que tenha caído no lago.

— Uma briga entre os caras que ficam de varde no Passeio Público?

— É possível.

— E a identificação do nosso defunto?

— Impossível.

— Ninguém veio reclamar o corpo?

Duarte fez que não, e guardou o cadáver, como se fosse um tesouro que precisasse ser preservado.

— Meu nobre — disse ao escritor. Na outra ponta do escritório, Gladys gravava a ligação. — Precisamos conversar. Hoje, às duas, aqui.

— Certo. — E ele desligou. Para alguém das letras, aquele era um sujeito de poucas palavras.

O meu homem chegou pontualmente.

Ofereci um café.

Ele negou.

Insisti em um chá.

Negou outra vez.

Ofereci meus resultados.

Ele ficou surpreso.

— A solução é simples — comentei. — Você matou a sua esposa.

O cara se levantou rapidamente, como se tivesse sido injuriado.

— Como você se atreve a pensar isso, seu imbecil.

Joguei um envelope pardo na mesa.

Era praxe. Não tinha nada de importante dentro. Apenas umas folhas de rascunho e sei lá mais o quê. Só servia para assustar.

Anzol lançado.

Ele sentou.

O bagre fisgou.

— E digo mais: você matou o velho que encontraram no Passeio Público.

O cara começou a chorar compulsivamente. Pedi que Gladys trouxesse água com açúcar.

Frouxo.

— Agora, eu preciso entender. O cara deu em cima da sua mulher?

Soluços, um gole de água. Nunca acreditei que aquilo funcionasse de verdade, mas sempre dava certo. Acho que é só uma questão psicológica. Nada mais.

O cara meneava a cabeça com rapidez.

— O que diabos aconteceu, então?

Havia avisado Jaques que ele teria uma prisão para fazer. Marcamos duas e meia. O caso estava resolvido, mas queria a história completa.

— Ele tentou assaltar a gente — ele disse. Estava começando a desembuchar. — Um mês antes de a Ruth morrer.

— Um mês antes de você matar a sua esposa.

O cara engoliu em seco.

— Reagi, cacete. Foi impulso. Derrubei o cara e ele bateu a cabeça no chão. Acertou a borda do lago ou uma pedra, não lembro.

Soluços mais contidos.

— E aí você jogou o cara dentro do lago.

— Isso. Deveria ter chamado a polícia, mas fiquei assustado. A Ruth estava atordoada no chão. Quando ela deu por si, o velhote já era comida de carpas.

Pedi para que prosseguisse. Duas e quinze.

— Assim que consegui, contei a ela tudo o que havia acontecido. Ela não se lembrava de nada. Se eu tivesse ficado de boca fechada, a Ruth estaria viva. — Era mesmo um assassino arrependido, mas não havia mais o que fazer.

— E por que você matou a sua mulher?

— Você não imagina o inferno que vivi entre a morte do velhote e... — Ele é que não imaginava o inferno que o esperava. — Todos os dias ela dizia que ia à polícia, que eu deveria me entregar. Seria o certo fazer. Eu não queria ser preso, acabaria com a minha vida. — Mais soluços. — Olha só, agora. — Fiquei em silêncio esperando que o traste terminasse, embora todo mundo já saiba o desfecho dessa história. — A única solução, você sabe, Ganubla.

— E, num domingo, no passeio de vocês, deu cabo da esposa.

Ele fez que sim com a cabeça.

O telefone. Gladys avisava que Jaques chegara.

O filho da mãe entrou de supetão, quase derrubou a porta.

Eu só queria esclarecer mais uma coisa, mais uma coisa que também já sabia.

— E você me contratou para despistar, certo?

O cara fez que sim, e olhou pela janela. Profundamente. Ele sabia que do meu escritório ao petit-pavê era só uma questão de vontade.

Jonatan Silva é jornalista, escritor, crítico literário e professor. Escreve para diversos periódicos, dentre eles o portal cultural Escotilha e os jornais *Cândido*, *Rascunho* e *RelevO*. É um dos autores participantes da coletânea *Parem as máquinas* (2020) publicada pelo Selo Off-Flip. Escreveu os livros *O Estado das coisas* (2015/2022, ed. 7 Letras) e *Histórias mínimas* (2019, Kafka Edições).

CLARO

Luci Collin

Nunca. Era caladão mas nunca relou um dedo ne mim. Me adimira isso que escuto falarem dele na rádio. Bemdizer tudo – lavava passava e as compra eu que fazia. Nunca ratiou pra dar dinheiro fosse pra comida fosse pra produto. O filho dele era nervoso mas ficou leso foi depois da morte do pai. E deu menos dum mês da morte do velho ele enforcou cuma cinta lá onde que tava internado. Num sei quem deu a cinta! Eu que não. Como que ele internou também num sei. Se tinha poblema desde pequeno num sei. Conheci já homem, morava sozinho, nunca sube se tinha uma mulherzinha. O velho nunca que queria vender a casa mesmo quando o Mirinho tava percisando, primeiro quando bateu feio o auto, saiu vivo, só as costela trincada mas o auto estrupiou-se inteiro. Ficou um par de mês sem trabalhar. Negócio dando errado, fazia rolo de carro, trocava, vendia. Pediu pro pai vender a casa, que ele botava o velho e mais eu noutra casinha e ainda podia pagar as dívida. O pai dele bradou: Nunca!

Unicamente. Só ela de casa na rua que agora é só prédio em redor. É bem esse, entre a Martim Afonso e a Padre Agostinho. Filho único sim dele. Ah isso quaje num sei, meu falecido pai que contou quando eu era novinha, quando mandou eu ir viver com o velho: a esposa tinha morrido foi do parto, aí ele vendeu o que tinha e veio pra cá com o neninho. Iche, ficava muito irado quando o pai dele recusava de vender a casa. Um dia bradou: Lazarento! Saiu cantando os peneu. Nunca achei certo gritaceira com o própio pai mas vai entender os motivo. Cada um tem o seu. Isso que o senhor tá falando nunca fez essas esquesitice comigo. No começo era mais rente mas depois só de vez enquando. Nunca me forçou. As coisa de homem, e resolvia rápido. Unicamente.

Clareou. Compreendo as letra sim. Mas malemá leio escrito. Fui pouco no mobral – tudo a irmandade ajudava o pai na roça – fui só um meio ano. Sei assinar sim completo. O sobrinho lê pra mim documento quando tem percisão. Tô parada na casa dessa irmã. Em Almirante. Chama Tide. Ele? Eu chamava de Seu Valdomiro. Não considerava marido. Nunca teve casamento. Me explicaram isso dos direito que eu tenho por isso que pude vender a casa. Não sabia não senhor. Isso aí que o senhor tá falando. Vim do sudoeste. Não sabia. Quando o pessoal lá do lugar que o Mirinho tinha internado, isso, da clínica, ligaram pra mim pegar as coisinha dele tinha roupa, bem pouquinha coisa, e tinha essa tal carta que o velho tinha deixado pro filho. Como que chegou nas mão do Mirinho? O velho tinha deixado na gaveta da mesinha de cabeceira e o própio filho localizou ela. Então, depois o sobrinho leu um pedaço pra mim mas num entendi nada. Claro que não pensei de ir na polícia! Já disse que nós não entendeu que que dizia. Guardei ela primeiro porque o Mirinho tinha morrido de recém e achei desrespeito jogar fora. Depois porque achei bonita a letra do velho. Por isso que eu tinha ela e truxe pra verem que não tô escondendo nada. Agora com a explicação do senhor melhorou na minha cabeça. Clareou.

De velho. Ele morreu foi de velho. Acordava todo dia cedo e teve um dia que num levantou. Quando fui ver tava duro. Foi no sono. Fiquei bem triste, percisa de ver quando falou meu nome no programa do Claudinei Santos que escuto todo santo dia – acusando eu de veneno. Capaz. O médico olhou e viu que foi de velho, nem perguntou nadinha. Bem triste eu fiquei que eles inventa coisa sem dó. Puxando da memória que o senhor tá me pedindo teve uma coisa sim: uma vez ele chegou cuma braçada de flor dessas comprada e pôs no retrato da falecida que tinha na sala. Nessa noite ele mandou eu dizer uma coisa quando eu tava cumprindo função. Claro que lembro: Me mata de prazer. Mandou eu repetir aquilo. Claro que achei esquesito. Depois nunca mais pediu. Achei que era tontice. De velho.

Nunca. Não tinha como atinar essas coisa, doutor. Agora que me clareou porque que o Mirinho perdeu os juízo depois de ler essa carta aí. Coitado. Acho que ela traiu ele sim, tinha amante mas não justifica, né? Foi feito inventário. Só tinha a casa de herança e só tinha eu pra receber. O sobrinho pegou o doutor Clebe de adevogado. Vendi e o dinheiro tá lá no banco, o sobrinho cuida pra mim. Quero comprar uma casinha no jeito, pro finzinho da vida. Aqui mesmo. Tava procurando uma – agora parou tudo desde que foram demolir a casa e acharam o corpo dela enterrado lá. Toda vida pensei que era só ele de filho. Por isso que adimirei quando encontraram mais os três corpinho dos filho pequeno. Só os osso, claro. Faz três dia que num durmo. Cruzcredo quando lembro que morei tantos ano ali em cima dos cadáver cimentado na sala. Quantas vez passei cera e escovão naquele soalho da sala coisa mais linda. Bem em cima. Dá um coiso ruim por dentro. Ele era mais é caladão mesmo. Não, pensar isso que o senhor tá falando dele – essa palavra aí não gosto nem de repetir. Claro que nunca que imaginei isso. Nunca.

Luci Collin, poeta e prosadora, trabalha como tradutora em Curitiba, onde mora.

EU NÃO SOU DETETIVE

Luís Henrique Pellanda

A ruiva olhou para cima. Nunca tinha visto aquele prédio antes. Baixo, antigo, com jeito de abandonado. Conferiu o endereço: Cândido de Leão, número 100. Edifício La Barca, dizia o letreiro de bronze na fachada, em fonte cursiva. Lugar velho, malcuidado, mas bonito.

Espremendo os olhos, a ruiva contou quatro andares. Tudo pichado, em várias cores, nenhuma palavra decifrável. Fez cara de enfado. Alta, o queixo erguido demais, desequilibrou-se nos saltos e quase torceu um tornozelo. Não estava em seu melhor momento. Analgésicos, anti-inflamatórios, ansiolíticos, nada a relaxava. Se tudo é sempre tão podre, avaliou, por que este prédio não seria? Nenhuma novidade. Riu sozinha, se achando estúpida. No fundo, sabia que estava caindo numa arapuca. Pela milésima vez.

Tocou o interfone pensando vagamente naquele bolero, La Barca. *Cuida que no naufrague en tu vivir. Cuida que no naufrague.* La Barca. Enquanto esperava, reparou na câmera sobre a porta. Forjou uma expressão mais austera, tossiu. O vento a obrigou a se enrolar no cachecol. Ainda bem que não investiu num decote, lembrou, foi prudente. Chamou mais uma vez. Alguém atendeu. Um homem sóbrio, de voz áspera, perguntou quem era. A ruiva se identificou, a voz até parecida com a dele:

— É a Míriam. Míriam Labareda.

Uma campainha indicou que a porta tinha sido aberta. Míriam entrou, se desvencilhou do cachecol e olhou ao redor, estudando a escada a subir. Pó, paredes sujas, granilha gasta, cheiro de jaula. Subiu seis lances até chegar, exausta, a uma grade reforçada, sem sinais de ferrugem, que separava a escadaria de um andar reformado, muito limpo. Parecia outro prédio.

Um homem de cerca de quarenta anos, bem mais baixo que ela, saiu de um apartamento no fim do corredor e caminhou até a grade. Vestia camiseta branca, jeans e tênis. Carregava um chaveiro com muitas chaves, e era para elas que ele olhava. Enquanto buscava a chave certa, ouviu Míriam perguntar:

— Detetive Caravelle?

Destravando a grade, o homem respondeu, sem encará-la:

— Eu não sou detetive.

Ele abriu espaço para Míriam passar e pediu que, por favor, entrasse no apartamento. Ela entrou, não estava nem aí, já havia entrado em pardieiros piores e mais suspeitos. Lá dentro, a surpresa. A sala quente, limpa, quase nua de móveis, revelava certo cuidado estético. O apartamento, ou escritório, ela não sabia direito, era de alguém que, sem dúvida, tinha dinheiro e certa disposição para as reformas.

Carmélio Caravelle indicou uma poltrona. Míriam sentou, agradeceu. Elegante, apesar do fôlego entrecortado, cruzou as coxas fortes, já um pouco gordas, as calças de veludo apertando. Tinha orgulho das pernas, seu problema era o condicionamento, os pulmões. Estava morta, mal conseguia falar depois de subir as escadas. Desculpou-se pela falta de ar, reclamou da maturidade que vinha chegando. Era uma piada, fez questão de informar. Sabia que estava velha.

Polido, Caravelle sorriu, disse que descansasse um pouco e perguntou se ela queria uma água ou um café. Míriam aceitou as duas coisas: a água, com gás, e o café puro, com doze gotas de adoçante. Caravelle sorriu de novo, para disfarçar a contrariedade. Aquele vinha sendo um dia particularmente difícil, preferia não servir nada nem receber ninguém, mas jamais seria descortês. Enquanto preparava o café, numa mesa próxima à janela, perguntou do que se tratava.

Míriam contou que estava ali por recomendação de um amigo comum, o Bartolo da Homicídios, mas disso Caravelle já sabia. Se não soubesse, nunca a teria deixado subir. Como também sabia que a polícia nunca investigaria o caso dela, uma típica encrenca de travesti.

— O Bartolo me disse que você era diferente deles.

— Sou, porque não sou policial.

— E nem detetive?

— Sou um pouco diferente.

— Eu também. Um pouco diferente.

A intenção de Míriam era, de novo, fazer graça. Mas Caravelle não riu. Não ouviu, ou não entendeu a brincadeira. Ou simplesmente não a achou engraçada. Entregou à visitante uma xicrinha de café preto e voltou a perguntar do que se tratava. Antes de falar, Míriam pediu uma colher. Ele se desculpou, saiu da sala, voltou com a colherzinha. Ela agradeceu, mexeu o café, mas não bebeu. Soprou a bebida, ganhando tempo. Fechou os olhos. Caravelle também fechou os dele. E quando Míriam reabriu os dela para começar a falar, Caravelle reabriu os seus para ouvi-la.

Ela contou ter saído uma noite, não a trabalho, porque já não trabalhava mais à noite, mas para se divertir, dançar um pouco. Não profissionalmente, enfatizou. Disse ter ido a uma boate que costumava frequentar havia anos, com maior ou menor assiduidade, desde a época em que dublava e fazia strip: a Pietà Drinks, na Cruz Machado. Quis saber se Caravelle conhecia o lugar.

— Conheço.

Míriam gostou de ouvir aquilo, seus ombros até desceram alguns centímetros, se afastaram dos brincos de argola, e Caravelle achou que ela estava rígida demais, embaraçada sem motivos. Disse à ruiva que relaxasse. Ela riu. Disse que tinha vergonha de ainda gostar de ambientes como a Pietà, uma mulher na idade dela. Caravelle disse que compreendia, e pediu que fosse em frente, por favor.

Mas Míriam não foi, não de imediato. Virou o café de um gole só, já devia estar morno, e devolveu a xícara. Percebeu que suava. Limpou a garganta e comentou:

— Abafado, aqui dentro.

Depois pensou no que estava fazendo, se aquilo valia a pena ou não, e finalmente tomou coragem. Contou que na Pietà, na noite de sábado, três dias antes, tinha conhecido um cara lindo, um menino, ou melhor, quase um menino, vinte e tantos anos. Seu nome, provavelmente falso, era Guto. Ele deu mole para ela, ela foi atrás, e saíram juntos de lá. Ele tinha um olhar doce, um sorriso branco de riqueza, e ela sentiu que podia se apaixonar por ele, como se fosse uma menina de novo, como se já o conhecesse de outra vida. O cara correspondeu, foi extremamente gentil, coisa rara, só não queria encostar nela antes de irem a um hotel apropriado, o que ela considerou normal. Todo mundo tem medo de ser visto na rua com travestis. Assim, foram no carro dele a um hotel barato. No caminho, porém, não houve nada, Guto realmente não encostou em Míriam, parecia tão respeitador, sério, controlado, como ela iria adivinhar?

— Que carro era?

— Eu não entendo de carro, e tinha bebido demais. Não sei de marca, não sei de nada. Só sei que era um carro preto.

Caravelle conteve um suspiro. Suas mãos formigavam, como sempre. Entregou a ela um copo de água mineral. Com gás.

— E aí?

— Fomos ao hotel Xetá. Você conhece?

Caravelle fez que sim, Xetá, perto da rodoferroviária.

— Ele subiu com uma mochila, disse que não ia deixar a mochila no carro, eu não estranhei, ele desconfiava da vizinhança, e estava certo, ali tem muita pedra, não dá pra vacilar. Subimos, e eu apaguei, estava bebendo uma long-neck, ele deve ter me dopado. E foi isso, fui otária. BNC clássico. A partir da subida pro quarto, não lembro de nada. Acordei amarrada na cama, de bruços. E enquanto eu dormia ele tatuou as minhas costas.

— Tatuou o quê, exatamente? Escreveu, fez um desenho?

Míriam Labareda retesou o corpo na poltrona, desencostou-se do espaldar, como se de repente se lembrasse de uma queimadura, uma ardência na pele. Juntou os joelhos, esticou a coluna. Olhou pela janela, magoada. Lá fora, já era noite na Praça Tiradentes. Ia chover. Os dias de junho são curtos em Curitiba.

— Tatuou uma frase.

— Que frase?

— Todo pai é um pai desconhecido.

Míriam esperou um pouco, talvez por um comentário de Caravelle, uma reação qualquer. Mas nada aconteceu, ele apenas se sentou numa poltrona, diante da dela. Cruzou as pernas, em silêncio. Ela sentiu um desconforto.

— Você não vai anotar nada?

— Ainda não.

— Não vai esquecer a frase?

— Todo pai é um pai desconhecido.

Míriam ficou quieta novamente. Talvez segurando o choro. Caravelle desistiu de esperar.

— A frase te diz alguma coisa?

A ruiva virou o copo d'água e balançou a cabeça negativamente, comprimindo os lábios siliconados, um arroto querendo escapar. Pensava no bolero, *cuida que no naufrague en tu vivir, cuida que no naufrague*, cuida, cuida, quantas vezes não havia dublado aquele verso, nua, roubando a voz de Luis Miguel?

— Você conhece teu pai?

— Conheço. Conheci.

— A tatuagem ficou grande?

Míriam entregou o copo vazio a Caravelle.

— Posso te mostrar?

— Por favor.

Ela levantou e tirou a blusa de lã. Depois a camiseta. Dava para perceber que ainda sentia dor. Virou de costas, os peitos pesando como nunca. Ficou só de sutiã, a peça já meio frouxa, as alças sem elástico.

Caravelle se ergueu, aproximou-se dela, examinou sua pele machucada. O texto estava disposto em três linhas, e tomava toda a metade superior do dorso de Míriam.

Todo pai
é um pai
desconhecido

A tatuagem havia sido feita às pressas, sem nenhuma preocupação artística ou sanitária. A ideia do tal Guto era ferir e passar uma mensagem.

— E o cara?

— Nunca mais vi, ninguém viu. Ninguém conhecia.

— Não te roubou nada?

— Não.

— Perdão, houve estupro?

Os dois continuavam de pé no meio da sala, diante das poltronas vazias. Sem camisa, de costas para ele, ela fez que não, não houve nenhuma violência sexual. Experimentando uma mistura ruim de pena e curiosidade, Caravelle perguntou:

— E o que é que você quer?

— Saber quem é ele. E por que fez isso.

A voz dura, uma ferida na honra. Caravelle detectou ali uma raiva guardada há décadas, fermentando. E gostou daquilo. Sentiu o seu dia melhorar. Uma força nos punhos. O formigamento nas mãos diminuiu.

— É justo.

Quando Míriam Labareda foi vestir a camiseta, Caravelle a deteve, pediu que esperasse um pouco. Ela até gostou daquilo, o calor no apartamento a incomodava, mas ficou apreensiva. Voltou a se sentar. Para mudar o foco, fez a pergunta que queria fazer desde o início.

— É verdade que você não cobra nada?

Caravelle não respondeu.

— Você conhece alguém que tenha sido vítima de uma agressão parecida, Míriam?

— Não.

— Tem outras tatuagens?

— Tenho horror de agulha.

— Posso ver a tua identidade?

Do fundo de uma bolsa de couro vermelho, a ruiva catou um RG amassado. Entregou-o a Caravelle, constrangida. Ele examinou a foto. Era ela com o cabelo preso, uns vinte anos mais jovem. Virou o documento: Mário Anselmo Hoffmann. Filho de Arno Hoffmann e Maria Idalina dos Santos Hoffmann. Nascido no dia 31 de março de 1960, em Seara Vermelha, Santa Catarina.

— Com licença.

Caravelle se afastou com a identidade. Foi ao quarto contíguo, onde havia um balcão, uma cadeira de rodinhas, um notebook, uma impressora. Em silêncio, tirou uma fotocópia do RG, mas demorou para se acertar com o equipamento. Tentava controlar uma velha irritação, jamais se dera bem com máquinas. Sentada na beira da poltrona, Míriam acompanhava tudo, atenta aos arrancos da impressora. Estava cismada.

— Você não é polícia mesmo? Ou já foi e não é mais?

Nenhuma resposta. Caravelle verificou a fotocópia e aprovou o resultado, a imagem nem muito lavada, nem muito escura. Havia vários porta-cartões sobre a mesa, organizados em ordem alfabética, e de um deles resgatou uma filipeta colorida, em papel cuchê. Voltou para a sala lendo o cartãozinho entre os dedos.

— Míriam Labareda. É ainda este o seu telefone?

Ela olhou para o cartão que ele segurava, a efígie arrebitada de uma bunda à qual foi dado o seu nome de guerra. Ficou sem graça. Disse que não, era um número antigo, a filipeta estava vencida. Ela já não se prostituía, trabalhava como cabeleireira. Caravelle pediu a Míriam o número novo e o anotou no cartão. Retornou ao quarto. Ela não conteve a curiosidade.

— Você coleciona essas figurinhas?

— Recolho nos orelhões, faz tempo. Podem ser úteis.

De uma gaveta do balcão, a de baixo, Caravelle tirou uma agenda preta com um adesivo de coração na capa. Abriu na letra M. Entre parênteses, ao lado do nome de Míriam, que anotara ali não lembrava quando, entre tantos outros, registrou entre parênteses: (Mário Anselmo Hoffmann, 31/3/60, Seara Vermelha). Corrigiu o telefone. Depois guardou a agenda e apanhou, do bolso da frente da calça, o celular. Voltou à sala e perguntou se Míriam poderia, por gentileza, se levantar. Ele queria fotografar a tatuagem. Ela não se opôs, era o primeiro cara que lhe dava ouvidos.

— Vire de costas, por favor. Se possível, abra também o sutiã.

Míriam se levantou e Caravelle acendeu, sobre ela, uma luminária muito forte, fluorescente, acomodada numa mesinha ao lado da poltrona. Ele se desculpou pela luz. Ela disse que não havia problema e tirou o sutiã, só que antes de lhe dar as costas. Olhou nos olhos de Caravelle, que não olhou para ela. Nem para os seus olhos nem para os seus peitos. Apenas notou, de relance, o pingente que ela usava entre eles, uma maçã de ouro, pendurada numa correntinha. Míriam riu, procurando naquele homem alguma pista. Era um cacoete dela, a provocação. Ele se manteve quieto, mas não zangado. Voltou a pedir que se virasse, por gentileza. Ela se virou e, na parede branca à sua frente, analisou a cintura da própria sombra. Não, não era mais uma menina, ganhava peso. Ou melhor, perdia leveza.

— Você tem namorada, detetive?

— Não.

— Namorado?

— Não.

A pele de Míriam estava suada. Caravelle apressou-se. Começou a fotografar.

— Eu nunca tinha reparado nesse prédio antes. Você trabalha aqui faz tempo?

— Eu moro aqui.

— Faz tempo?

— Não muito.

Caravelle bateu uma dúzia de fotos. Conferiu a qualidade das imagens. A tatuagem legível. Tudo bem, já estava de bom tamanho. Voltou ao quarto, onde largou o celular junto ao notebook. Míriam fechou o sutiã, vestiu-se. Enxugou com as mãos o suor da testa e do pescoço, e depois enxugou as mãos nas coxas. Botava a camiseta para dentro da calça quando ouviu, de longe, a pergunta de Caravelle.

— Você costuma fazer o exame, Míriam?

Ela parou de se mover por uns segundos. Demorou para responder, e Caravelle, retornando à sala, achou melhor se explicar.

— De HIV. Desculpe perguntar.

Mas ela o entendia, tudo bem.

— Costumo, sim, claro. Estou ótima.

— Faz tempo que fez o último?

— Sempre faço, eu estou bem, acredite.

— Quando der, faça de novo.

Míriam ficou em silêncio, aborrecida. O bolero na cabeça, *cuida que no naufrague en tu vivir*. Não voltou a sentar, não estava mais à vontade. Vida de merda. Quando tudo já parecia acertado, ela trabalhando firme no salão, os tempos de programa e tráfico cada vez mais remotos, acontecia uma dessas. Teve vontade de mandar o detetive se foder. Não, ele podia não ser muito caloroso, mas era educado, e também não era mau. Não para um detetive.

Sem aviso prévio, Caravelle apontou a porta para Míriam: era a hora da despedida, ele já tinha o que queria. Terminaram a conversa enquanto desciam juntos a escadaria. Míriam voltou a tossir e se embrulhou no cachecol. Ele disse a ela que pensaria no caso durante a noite e no dia seguinte lhe daria uma resposta. Mesmo que não topasse o serviço, telefonaria. E aí, caso necessário, faria todas as perguntas que achasse pertinentes.

Abriu a porta da rua. A Cândido de Leão estava escura. Um vento gelado invadiu o Edifício La Barca. De uma academia na Tiradentes, vinha o som de uma aula de jump. A música eletrônica, os gritos dos alunos, os aplausos, a alegria de ter saúde. Caravelle e Míriam se despediram e, num movimento que surpreendeu a ambos, trocaram beijos no rosto.

Míriam se afastou cantarolando: *hoy mi playa se viste de amargura, porque tu barca tiene que partir*. Caravelle sentiu que seu dia terminava bem. Pensou, mas não disse:

— Boa noite, Labareda.

"Eu não sou detetive" é o primeiro capítulo de um romance policial protagonizado pelo detetive Carmélio Caravelle.

Luís Henrique Pellanda nasceu em Curitiba, em 1973. Escritor e jornalista, é autor de diversos livros de contos e crônicas, como *O macaco ornamental* (2009, ed. Bertrand), *Nós passaremos em branco* (2011, Arquipélago Editorial), *Asa de sereia* (2012, Arquipélago Editorial), *Detetive à deriva* (2016, Arquipélago Editorial), *A fada sem cabeça* (2018, Arquipélago Editorial), *Calma, estamos perdidos* (2019, ed. Maralto), *Na barriga do lobo* (2021, Arquipélago Editorial) e *O caçador chegou tarde* (2023, ed. Maralto) e *A crônica não mata* (Arquipélago editorial).

O EMISSÁRIO DOS PASSADOS OCULTOS

Luiz Andrioli

Entrou na sala onde estava o caixão. Avançou devagar por entre os espaços abertos pelos presentes ao notarem sua presença. Estava frio, o dia mais gelado do ano em Curitiba. Não tinha como saber se os fungados de nariz eram de coriza ou de choro cansado. Optou por fazer o serviço às sete da noite, hora em que os velórios eram cheios, normalmente. Conferiu o nome do morto no caderno de condolências. Foi até perto do caixão. Se pudesse vê-lo, não seria possível reconhecer apenas pelo rosto. O acidente havia deixado a face desfigurada. O falecido batera com força o carro contra a carreta na estrada que o levava habitualmente ao condomínio de luxo onde morava.

O vento entrou forte na sala depois de um assovio por entre as araucárias do cemitério municipal. Colocou o envelope entre os lábios para friccionar as mãos. Procurou esquentá-las com o movimento. Logo em seguida, buscou no bolso o potinho de álcool em gel, sem sucesso. Devia tê-lo esquecido no carro. Foi até o *dispenser* perto da mesa do cafezinho. Apertou, fez cuspir um jato nas mãos e as esfregou com vigor. Dobrou a lateral da correspondência, reforçando o friso de maneira que fosse possível rasgá-lo para puxar o conteúdo interno no momento adequado.

Olhou as pessoas em torno do caixão. Contou, por alto, umas quarenta. Era possível perceber a divisão em grupos. Alguns parentes e amigos íntimos mais próximos da viúva sentada ao lado do morto. Uma filha mais velha segurava a mão da esposa do homem que lhe encomendara o serviço há algumas semanas. Ao lado das duas, um adolescente com a cara encoberta por espinhas e por um boné de aba larga. Mais distante do caixão, três ou quatro homens com perfis muito parecidos entre si, possivelmente representantes comerciais de equipamentos para informática, os quais eram importados pela empresa do falecido. Falavam baixo, com respeito, embora sem tristeza. Próximo dele, revezando-se para se abastecer com o café morno da garrafa térmica, duas mulheres jovens, uma delas com os olhos grandes e marejados. Apurou o ouvido para escutar a conversa. Não era difícil passar-se por invisível nessas situações. A maioria das pessoas preferia não ver alguém como ele. Na maior parte do tempo, isso não era bom. Mas, profissionalmente, para escutar o que não seria tão facilmente revelado, sua condição era uma arma.

— Não sei de devo abraçar a viúva — disse ela, logo depois de tomar um gole da bebida, marcando o plástico do copinho com o batom vermelho.

— Apesar de tudo, talvez fosse o mais adequado... — respondeu a amiga, quase em um sussurro.

— Sim, acho que deve. Ela não se sentiria invadida por um abraço. Talvez até espere isso de você... Você era a assessora de investimentos do marido dela, anos de trabalho junto da empresa.

A outra fez um breve sinal de silêncio com as mãos pedindo que encerrassem o assunto logo que alguém se aproximou para encher um copinho de café.

Poderia ficar horas ali, flanando de roda em roda, reconstruindo a vida do morto a partir dos fragmentos de conversas e observações dos condolentes. Mas seu trabalho era trazer a verdade que todos desconheciam. A face oculta do falecido que poderia ressignificar toda a vida encerrada no dia anterior quando ele jogara sua caminhonete SUV importada na contramão.

Semanas antes recebera a visita do homem em sua sala em uma galeria da Praça Osório, em cima da relojoaria. Ele entrara ressabiado, reclamando que a placa da porta dizia ser ali o escritório de um assessor de comunicação. Ficara confuso por causa disso. De fato, o título de seu ofício não traduzia bem o serviço que vendia, mas era o mais próximo que havia achado até então. Tinha pesquisado a vida do cliente e percebera que era rico, e muito. Por isso aplicara o preço mais alto da tabela. Recebeu integral, na hora, em dinheiro.

E agora, ali, a poucos metros do seu cliente esticado em um caixão de luxo com um terno de grife. O inusitado de seu ganha-pão não mais o surpreendia.

Avançou até perto do caixão, de onde faria o combinado. Limpou o pigarro da garganta, ajeitou o colarinho da camisa e o nó do cachecol. Certificou-se, no caminho, que o friso do envelope permitiria que o rasgar do papel se desse no tempo dramático correto. Sentiu o celular tremer. Puxou o aparelho para ler a mensagem.

"estamos te esperando com o jantar pronto. Se demorar muito, vamos começar a brincadeira sem você."

Família. O que seria sem ela?

Guardou o aparelho e foi até perto do caixão, ao lado das velas. Olhou para todos, respirou fundo e falou em bom tom, para ser ouvido por todo o ambiente:

— Meu nome é Renato Uriel. Sou assessor de comunicação e gostaria de um minuto da atenção de vocês.

Aos poucos, o murmúrio que preenchia o ambiente foi reduzindo, até que foi possível ouvir até o ressoar das flores em torno do caixão do morto.

— Este envelope — mostrou o papel com os braços esticados acima da cabeça para que todos pudessem vê-lo — me foi confiado pelo falecido que jaz aqui.

— O senhor está sendo inconveniente — disse uma filha do morto.

— Compreendo o seu incômodo, meus sentimentos. Mas peço que olhe a caligrafia.

Ela correu os olhos pelo papel na mão de Renato. Assentiu com a cabeça, era, de fato, obra do punho do pai. Todos esperavam uma explicação.

— Fui contratado pelo falecido para abrir este comunicado, preparado por ele, neste momento, na frente dos senhores e das senhoras...

— Isto é um absurdo. Eu redigi o testamento do Adur há mais de cinco anos. Toda a família assinou o termo — bradou um senhor gordo e calvo, com jeito de ser um dos advogados das empresas do morto.

— Eu não lido com testamentos. Mas sim, com *turning points post mortem*.

A frase não fez sentido para aquela plateia vestida de preto, solenemente perplexa com a figura do Renato. Ele então rasgou o papel com um gesto preciso na marca que havia feito, fruto da experiência de mais de dez anos na mesma *mise-en-scène* mórbida.

— "Eu, Rubião Adur, empresário, proprietário da Holding Tecno Imports, 59 anos, declaro, em texto escrito de meu próprio punho, na presença das testemunhas de fé pública subscritas abaixo, que são verdade as palavras ora firmadas neste documento. Autorizo, nesta data, o senhor Renato Uriel a ser o portador das notícias relacionadas nesta carta. É o meu desejo, estando eu em perfeito juízo e sanidade mental, que todos saibam dos fatos abaixo descritos somente depois da minha partida..."

— Perdão — disse um dos presentes —, o senhor se disse um assessor de?

— Comunicação.

— Isso é estranho.

— Cuido dos interesses de comunicação dos meus clientes após a morte deles. É natural que algumas pessoas queiram falar coisas depois de terem partido.

Renato tinha esta resposta pronta. Era comum ser questionado nos velórios naquele ponto. Os ricos de Curitiba começaram a procurar a sua agência, até então uma simples Assessoria de Comunicação, para confidenciar seus segredos mais íntimos, os quais só poderiam ser divulgados para a família após suas partidas. Em princípio, o escritório fora aberto visando uma fonte de renda complementar ao seu trabalho como jornalista.

Aqueles anos de pandemia mudaram tanta coisa. Quem diria que o mais importante colunista de política da cidade acabaria se transformando em uma espécie de confessor dos segredos valiosos da elite empresarial. Alguns buscavam comprar seu silêncio, confessando para o jornalista seus crimes e pecados mais perversos, em troca de somas vultuosas a serem pagas em parte na hora e em totalidade no *post mortem*. Outros queriam falar com alguém o que não poderiam dizer a qualquer outra pessoa.

Em todos os casos, tudo custava caro, muito caro. Renato calculava o valor com um *software rackeado* de uma seguradora. Era possível estimar a data de morte do cliente com base nos dados imputados pelo governo no sistema criado após a grande pandemia. Estudara o *big data* na faculdade de comunicação e jamais imaginara que faria uma pequena fortuna com isso ao aliar a tecnologia com a simples arte de escutar. A carência daqueles homens ricos era proporcional às suas culpas. Se junto com o desabafo eles conquistavam o silêncio de quem poderia denunciá-los em vida, tanto melhor. Mantinha sua coluna em um grande portal de notícias apenas para deixar à mostra a sombra do chicote para os atuais e futuros clientes.

— Adur era portador da Organ-D. Soube há poucas semanas e não tinha ideia de quando fora contaminado. Não teve coragem de contar pra ninguém e morreu com a consciência de que passou o vírus para algumas pessoas. Ele gostaria que vocês soubessem disso antes tarde, do que nunca.

O silêncio instaurou-se na capela mortuária. A viúva, impassível, sem sofrer mais ou menos do que já estava sofrendo. As filhas olharam para a mãe sem acreditar no que ouviram. O fato dela manter-se impassível era inacreditável. Mas fazia sentido.

Os homens da sala, alguns deles, baixaram a cabeça. Dava a impressão de serem amigos próximos, mais íntimos, que já tinham conhecimento da contaminação, mas guardavam segredo.

Renato buscou na sala quem poderia se importar com a notícia. Ninguém, além dele, percebeu as duas mulheres que encontrara perto da garrafa de café há pouco. Uma delas ficou a ponto de desmaiar e foi levada para fora rápida e discretamente pela amiga.

— Senhores, senhora — disse, fazendo uma deferência à viúva —, meus sinceros sentimentos.

Saiu da capela em direção à rua. Era difícil conduzir a cadeira de rodas elétrica nas calçadas íngremes e esburacadas. Encontrou as duas mulheres que saíram de velório sentadas em um banco na praça a poucos metros do cemitério. Chegou perto antes que ambas percebessem a aproximação.

— O senhor nos assustou. Ela não está bem, por favor, respeite — disse a amiga.

— Fique com o meu cartão — falou para a moça que chorava, olhando seus lábios bem pintados. Percebeu que o sofrimento era contido, típico de quem vivera um amor em segredo.

— Isso é descabido — protestou a amiga, tomando-lhe o cartão antes que a outra o pegasse.

Seguiu em direção ao seu carro estacionado em frente à uma das funerárias em frente ao Cemitério Municipal, sem responder ao protesto que ouvira. Talvez aquele cartão chegasse na mão de outro cliente, ou até mesmo a amante do falecido Adur viesse a contratar seus serviços um dia. O silêncio em vida e o desabafo em morte poderiam interessar à muitas pessoas, afinal de contas.

Abriu a porta, sentou-se no banco do motorista. Apertou no painel do carro o comando para encerrar a taxa de cobrança por hora da cadeira de rodas compartilhada.

— Chegando em 30 minutos. — Foi a mensagem que enviou pelo aplicativo para o grupo da família.

No apartamento onde morava, as almofadas seguiam a mesma lógica de cores dos quadros escolhidos para a parede da sala. Combinavam de não ligar as luzes principais durante a noite. Os abajures eram regulados para manter uma penumbra para o descanso de todos nas horas antes do sono. Revistas cuidadosamente empilhadas na mesinha de centro, enfeites dispostos na cristaleira, fotografias sempre renovadas nos porta-retratos.

— Chegou esta correspondência para você logo que saiu de casa. Entregaram em mãos.

Silvio a deixou ao lado da taça do *cabernet* que havia servido há pouco.

— Não vai abrir?

— Chega de envelopes por hoje — brincou Renato.

Silvio voltou para o espaço da cozinha, de onde Renato podia vê-lo naquele apartamento sem paredes que decidiram comprar para a família após a grande pandemia. O espaço fora negociado direto com os donos. O escritório de contabilidade, como tantos outros, ficou completamente obsoleto após o projeto de integração financeira implantado pela Organização Econômica Global. Os sistemas de controle contábeis caíram em desuso quando todas as operações mundiais passaram a ser controladas e taxadas em um *blockchain* mundial. Sílvio era um dos funcionários da empresa e comprou o espaço dos antigos patrões com parte do seu acerto de encerramento de contrato.

— Você não cansa de ficar aqui dentro, depois de tantos anos? — perguntou Renato, brindando com o vinho de longe.

— A mesma pergunta de sempre! Eu estou bem aqui, acredite.

Era difícil acreditar que alguém pudesse ficar bem estando recluso por anos no mesmo espaço. Conferia todas as manhãs a cartela de comprimidos de Silvio. Ele, com raras exceções, mantinha a medicação psiquiátrica em dia. A terapia on-line também estava sendo feita, sequer cogitava a possibilidade de retomar as sessões presenciais. Exercícios, somente na micro academia que montaram em casa. Filmes, nunca mais foram ao cinema. Exposições, teatro, jantares, para tudo encontraram substitutos dentro daquele espaço com pé direito de quatro metros, tijolos e tubulações aparentes. Silvio era mais um dos tantos que abriram mão de qualquer contato externo por conta dos novos medos gerados pela grande pandemia – um dos poucos que parecia de fato feliz com a nova ordem de sua vida. E Renato passou a amá-lo mais por isso.

— Acredito! Acredite... — disse Renato.

Silvio começou a montar a mesa. Nos jantares da semana, evitavam massas e carnes. Os queijos eram harmonizados com o vinho escolhido por Silvio e as folhas frescas da estufa que mantinham perto da janela dos fundos.

— Cristiano não vem? — questionou enquanto conduzia-se pela cadeira de rodas até a mesa.

— Dois minutos. O pregão da noite está quase fechando — disse Cristiano, em um tom um pouco mais alto do que o esperado por estar com seus fones de ouvido e concentrado nas telas com os gráficos da Bolsa Mundial Chinesa.

— Não parou nem para o café — brincou Silvio.

Jantaram, conversaram sobre amenidades, séries de TV, comentários sobre o noticiário, amenidades de uma vida em família.

— E a brincadeira? — perguntou Cristiano.

— Só gostaria de saber se os chineses sabem deste lado brincalhão do líder de operações deles... — disse Silvio, recolhendo os pratos e servindo mais vinho para todos.

— Eles sabem de mim só o que precisam saber.

Renato gostava de ver essa constante provocação entre os dois. Com Silvio mantinha um tom amistoso, uma compreensão acima de tudo. Poderiam ficar anos sem expor uma diferença na mesa ou na cama e tudo funcionaria. Já com Cristiano, Silvio mostrava outro lado, provocativo, insinuante, agudo. Era bom ver seu homem com outra persona frente a outro homem. Renato nunca amou Cristiano, mas amava ver o que Cristiano despertava em Silvio. E, por isso, acabava mais do que tolerando Cristiano: era uma outra forma de amor.

Silvio tirou os pratos da mesa e os colocou displicentemente sobre a pia. Deixar a louça fora da máquina de lavar era sinal de pressa ou de interesse em outra coisa que não deixar a cozinha limpa. Cristiano tomou mais um longo gole de vinho e com a boca ainda úmida beijou a boca de Silvio. Renato chegou com a cadeira de rodas mais perto do sofá, de onde podia ver as línguas dos dois percorrendo os caminhos do corpo de um e de outro.

Era bom estar em família, pensava, embora o sexo começasse daquela maneira, previsível. Cristiano encaminhava Silvio para que se aconchegasse de bruços entre as grandes almofadas do sofá. Arrancava suas vestes sem pressa, mas com convicção. Aquela certeza na condução era fascinante para Renato, e quase um ópio para Silvio. Nu, em um transe de prazer e entrega, Silvio sorriu ao sentir o gelado do gel sendo espalhado por entre suas nádegas com os dedos e a língua de Cristiano. Renato tomou-lhe a mão e a trouxe para o seu membro, pedindo que o companheiro o masturbasse no ritmo das estocadas de Cristiano.

Era bom, pensava, ser tocado enquanto assistia seu parceiro ser possuído por aquele cara dez anos mais jovem, tão convicto de si e tão necessário para a relação dos três. Cristiano fodia Silvio com força e olhava para Renato com respeito. Os vetores do desejo que orbitavam entre aqueles três eram complexos de serem explicados, mas levavam todos ao gozo e à cumplicidade reforçada.

— Senta nele, agora — disse Cristiano, com a voz de gozo. Ele só sabia comandar no sexo. Mesmo sendo o mais jovem, era esse o papel que lhe cabia.

Silvio então encaixou-se no membro que até então mantinha ereto com sua mão. Depois de tanto tempo, ainda se sentia um pouco estranho ao se aconchegar no corpo de Renato em cima da cadeira de rodas. O cadeirante gozava rápido. Em pouco tempo, Silvio tinha dentro de si o sêmen dos dois homens que amava, os dois que conseguiu trazer para debaixo do teto de onde decidira não mais sair pós grande pandemia.

Enquanto observava seus homens, sua família, nus sobre o sofá, Renato pegou o envelope da mesinha de apoio e viu o remetente. Vinha de um ex-governador que fora alçado à política pela história do pai, mas teria preferido seguir carreira nas pistas de automobilismo. Corria à boca pequena a história do envolvimento dele em um atropelamento de dois jovens que virou escândalo nacional. Outra mente cheia de culpa querendo comprar o seu silêncio em vida. Era bom ter trabalho de sobra, rendimentos confortáveis e amor em casa.

Renato descobrira o caso com Cristiano em um detalhe banal no celular de Silvio. Até então, aquela figura presente nas redes sociais do parceiro era anunciada como um simples colega da musculação dos tempos pré grande pandemia. O choque da traição veio na semana da descoberta da Organ D pela Organização Mundial da Saúde. Às pressas, quem pôde pagar, correu para fazer os exames de sangue que detectavam a presença do vírus. Renato não estava contaminado, Silvio também não. Apesar de toda a raiva gerada pela descoberta da traição, pediu que ligasse para Cristiano. Precisavam se certificar se ele tinha ou não a doença. E se ofereceu para pagar pelo exame. O amante também estava imune. Para a completa surpresa de todos, os três não haviam se contaminado, ao contrário de milhares de pessoas que diariamente tinham suas vidas alteradas pela nova doença do orgasmo, como estava sendo chamada.

Nas semanas que se passaram, decidiram acabar com tudo, esquecer de tudo, recomeçar tudo e sem certeza de nada. Renato percebera que Silvio tinha algo forte com o amante, esticar a corda poderia rompê-la. Depois da Organ D, seria muito difícil buscar uma nova relação. Silvio, por outro lado, colocou na mesa uma terceira via para todos:

— Ele está limpo, como poucos. E se viesse morar com a gente?

Anos após aquela proposta descabida, a qual foi aceita dias depois, olhando seus dois homens deitados e nus no sofá, mal se dava conta que a relação entre os três já contava com mais tempo do que os anos que passara somente com Silvio. A restrição de buscar prazer com novas pessoas e o medo de perder o companheiro lhe trouxera uma família plena.

— E como foi o trabalho hoje, Renato? — perguntou Silvio enquanto acariciava as costas de Cristiano como quem brinca com um carrinho em uma pista de corridas imaginária.

Renato era o único que saia de casa, ambos escutavam dele as notícias da rua com uma curiosidade quase infantil.

— Tive que dar a notícia para uma viúva que o falecido tinha Organ D, acreditam?

Silvio interrompeu o carinho e Cristiano pôs-se sentado para ouvir melhor a história:

— E ela?

— Sequer alterou o semblante.

— Não tinha orgasmo com o marido há tempos, típico — ironizou Silvio.

Os três ficaram em silêncio, cúmplices, por algum tempo. Tantos outros amigos que se contaminaram, ou que precisaram se separar por causa da Organ D.

Depois da cura da AIDS, toda uma geração embarcou em uma nova onda *hyppie* 4.0 de amor livre. A abolição da camisinha por conta da grande vacinação mundial levou as pessoas a transarem em frequências inimagináveis. Casais foram desfeitos, buscando a liberdade com novos parceiros. Traições eram cometidas e perdoadas, algumas pagas na mesma moeda. Sites de encontros sexuais rápidos surgiram aos milhares e fizeram seus donos milionários em semanas. As pílulas para ereção masculina e as recém-criadas drágeas para potencializar o desejo feminino eram vendidas em lojas de departamento, entregues via drone dois minutos após o pedido, com preços dez vezes acima dos praticados até então.

As escolas foram obrigadas a aumentar seus turnos, tamanho foram os pedidos dos pais para que tivessem mais tempo para transar com seus pares renovados a cada dia, muitas vezes com a permissão dos parceiros, que faziam igual. Cada um trepava com a volúpia que não fora permitida aos antepassados desde a longínqua década de 1980. Foram dois anos nos quais o assunto principal dos sites, telejornais, revistas, programas, orbitava em torno do sexo livre e desimpedido, dos novos conceitos de fidelidade e traição, das competições a respeito da quantidade de parceiros e a longevidade prometida com o maior número de orgasmos na vida sexual ativa.

Tudo ia bem até o primeiro caso de Organ D ser identificado e logo exposto na mídia. Aquele DJ que levava multidões para as festas em fábricas de carros vazias foi estampado na capa do principal site de notícias do Brasil. Ali todos entenderam o que a Organ D podia provocar na aparência de uma pessoa e os sintomas severos que vinham a reboque. Apesar dos problemas, naquela altura, terem atingido milhões de pessoas em todo o mundo, eles ainda eram confundidos com os de outras doenças. Ou ignorados em nome do prazer dos gozos incessantes.

Anos mais tarde, estudaria-se que a cegueira daqueles tempos foi um fenômeno social que atingiu todas as nações desenvolvidas. Procurava-se esquivar da realidade de uma nova doença relacionada ao sexo. Tendo superado a AIDS, o mundo não estava disposto a enxergar que o prazer poderia novamente matar.

— Eu não entendo como ter um orgasmo junto com alguém pode te matar... Isso não entra na minha cabeça.

Os dois pararam para olhar com empatia o desabafo de Cristiano. Por ser mais novo, em alguns momentos, recebia de ambos o cuidado com os sentimentos que um filho receberia.

— Nem os cientistas, Cris. Nem os cientistas... — Renato tentou confortá-lo.

De alguma forma, a Organ D trouxera Cristiano para a vida deles. Aquela ilha que chamaram de família fora criada e era limitada pela doença. O que seria deles caso os cientistas encontrassem a vacina? A cura poderia trazer um novo mundo para a humanidade. E para os três, sabe-se lá o que seria.

Luiz Andrioli é escritor, jornalista e empresário. Sócio fundador da Prosa Nova EduCultTech. Tem 6 livros publicados, entre eles *Notícias de um naufrágio* (2021, Prosa Nova Editora) e *Crônicas*

***do varal da casa ao lado* (2019, Prosa Nova Editora), escolhido para o Programa Nacional do Livro Didático em 2021. Premiado na primeira temporada de originais da Grua Livros (2012) com *O laçador de cães*. Autor da peça *O casamento da filha do palhaço*, melhor espetáculo de 2019 no Paraná no Troféu Gralha Azul. Pós-graduado em Gestão Empresarial e em Cinema e mestre em Letras.**

AQUELES

Marcio Renato dos Santos

O primeiro contato deve ter sido um *like*. Não lembro se postei um conto, depoimento, ou reportagem em que eu era um dos entrevistados – talvez foto ou a capa de um dos mais de dez livros que publiquei. Mas, enfim, ela curtiu e somente dias depois percebi que éramos amigos no Face.

A Candice enviou uma mensagem, no Messenger, afirmando que "Aqueles" é uma das minhas melhores narrativas. Fiquei empolgado, especialmente pelo destaque, da leitora, ao *nonsense* da ficção.

Ganho algum dinheiro produzindo textos de opinião encomendados por empresários e personalidades de São Paulo, Rio, Belo Horizonte e até daqui de Curitiba. Quase toda energia eu gasto nessas demandas, e o pouco que sobra canalizo nos contos, daí sim assinados com o meu nome, Santiago Maria Paes.

A Candice fez outros comentários a respeito de literatura durante dois, três meses.

Depois passou a perguntar sobre a minha rotina, preferências gastronômicas, ocupação do tempo no fim de semana, férias, qual a minha cor favorita, entre outros questionamentos que, sem hesitar, respondi.

Desconfiei que ela pudesse repassar as perguntas e as respostas para algum jornalista, aos meus contratantes, ou leitoras e leitores de literatura.

Talvez fosse o momento da descontinuidade no bate-papo, mas segui teclando – o que eu escrevia nunca foi comprometedor, e o assunto mudou.

Elton John, Michael Stipe, Madonna e mais alguém, talvez a Lady Gaga. A Candice queria saber a minha opinião e comentei que gosto das canções do Michael Stipe e do Elton John, admiro a artista Madonna e a Lady Gaga atriz.

Em outro contato perguntou o que eu achava da Beyoncé e da Katy Perry, cantoras de quem, por ignorância, desconheço os repertórios. Pediu análises de performances da Liza Minnelli e da Judy Garland, digitei que foram e são personalidades fundamentais ou indispensáveis – naquele momento não percebi se havia conexão entre os nomes citados ou um outro vínculo qualquer.

Os compromissos, enfim, quase me engolem, quase ocupam todo o meu tempo – quase, mas sempre encontro um fragmento do dia, ou da noite, para fazer a minha ficção.

Diariamente.

E as semanas e os meses passam, esqueço a Candice.

Um ano depois lanço outro livro e, a partir do evento, recebo frases de leitores comentando a obra – no contexto, um sujeito, o Plínio, envia mensagens quase todos os dias.

Sobrecarregado de encomendas e ainda com solicitação de entrevistas escritas sobre o meu lançamento, não consigo dar atenção a todos.

Mas o Plínio insiste, elogia os meus contos e em seguida começamos a conversar pelo Messenger.

Ele diz ser colaborador de um site e, repete duas ou mais vezes, foi escalado para escrever uma resenha, mas antes de produzir o conteúdo – explica – está interessado em ler todas as minhas obras. Pergunta onde pode encontrar os títulos, quase ofereço o envio pelo correio, mas fico quieto.

Preciso produzir mais de dez textos, o prazo está quase no limite e, apesar disso, troco mensagens no *direct* com um desconhecido – alguém poderia considerar perda de tempo, mas talvez eu possa recriar a situação em um conto, por que não?

Depois de alguns dias, ou semanas?, o Plínio retoma o contato e diz conhecer uma pessoa que eu conheço.

Não pergunto quem é, pode ser um dos meus empregadores ou um mandarim do circuito literário.

Comenta, então, que a Candice também gosta da minha prosa, questiono se ele trabalha naquele conteúdo para o site de literatura, o Plínio repete que a Candice admira tudo o que escrevo, digo que posso enviar alguns de meus livros que ele ainda não tem, e o sujeito, após uma pausa, pergunta se eu lembro da Candice.

Escrevo no Messenger que jamais conversei com uma Candice, para em seguida perguntar ao Plínio se ele é leitor da literatura contemporânea, pelo menos das obras de autoras e autores badalados. Ignora a pergunta e comenta que a Candice é minha amiga virtual, respondo que deve ser engano, ele insiste, confirmo que não conheço a Candice e ele para de teclar.

Passei seis dias em Shangri-lá, balneário 110 quilômetros distante aqui de Curitiba, e – há poucos minutos – o Plínio, via Messenger, disse que leu toda a minha obra publicada e avisou que a Candice manda um beijo.

Candice?, que Candice?

Candice, ele explica, é uma pessoa com quem já conversei por esse mesmo serviço de mensagens instantâneas.

Digo que nunca conheci nenhuma Candice, ele pede para eu fazer um esforço de memória, insisto que não tenho lembrança da pessoa mencionada e ele conta que ele, Plínio, é a Candice, e que a Candice é ele, Plínio.

Plínio escreve que há mais de um ano conversei, sim, no Messenger com a Candice, ou seja, com ele. Os bate-papos on-line da Candice comigo, esclarece, tinham como pretexto a literatura, da mesma maneira que recentemente com ele como Plínio, a cortina de fumaça – expressão citada por ele ou ela – é a mesma.

Mas, Plínio ressalta, ele e ela estão interessados, mais do que tudo, em me conhecer.

Pergunto se ele e ela são a mesma pessoa, Plínio responde talvez, e conta que a Candice tem personalidade própria, apesar de ser uma criação dele, Plínio.

Não sei se compreendo e pergunto ao Plínio se ele, em um primeiro momento, há meses, apresentou-se como Candice.

Sim, é a resposta.

Continuo em dúvida e indago se agora é o Plínio quem está teclando.

Sim e não, informa, e acrescenta que tem outra persona, o Bernardo.

Somos líquidos, fluidos, digita e ausenta-se por minutos.

Aviso que vou interromper o bate-papo, preciso sair, e ele retorna anunciando que está na Avenida Newton Sampaio, no bairro Jamil Snege, em Curitiba, em frente ao meu prédio.

Digita que, se eu quiser tomar banho e vestir uma roupa nova, a atitude vai ser interpretada como gentileza por ela, ou ele, que me aguarda com um terno novo de cor branca sentada, ou sentado, em um banco dentro de um carro, também branco, conferindo uma lista com os meus horários e trajetos.

Plínio ou Candice avisa que ele ou ela suspeita que a partir de hoje seremos, tem plena convicção, grandes e inseparáveis colegas – quem sabe até mais que isso, sugere: brothers!

Marcio Renato dos Santos é autor, entre outros livros de contos, de *Candongas não fazem festa* (Tulipas Negras, 2022) e *Cápsulas, bifurcações e overdrive* (Tulipas Negras, 2023). Nasceu e vive em Curitiba.

O ECLIPSE

Marília Kubota

Não gostei quando ela marcou no Parque Alvorada. Quem marca um encontro num parque de diversões fechado?

"Este parque não está em reforma?", perguntei, escrevendo em sua página no Orkut.

"Está, está. É que todo mundo entra, pra zoar." Ela sugeriu: "Vamos lá curtir o eclipse?"

Logo cedo li no jornal sobre o eclipse do ano. Durante sete minutos o sol se esconderia detrás da lua. Com o céu coberto por nuvens a maior parte do tempo, era rara a possibilidade de avistar fenômenos celestes na cidade. Neste dia, para a alegria geral da província, os telejornais noticiaram com estardalhaço: o céu não estaria nublado. O eclipse seria visível.

A multidão ouviu a boa nova e se preparou para celebrar o Eclipse do Século. Do século, não porque seria o único fenômeno celeste em 100 anos, mas o único a ser avistado em nossa cidade.

Esbarrei, na entrada, com o vendedor de cachorro-quente. Entrou um homem que se escondia atrás de uma capa de chuva um careca de boné de ferroviário levando pincéis uma morena magrinha abraçada a um bigodudo de óculos cantando poemas em sânscrito uma velha com vestido de papel de bala um palhaço com um avental coberto de botões um encantador de pássaros levando um buquê de sempre-vivas outro encantador pintando um mural um ciclista de cuecas untado de óleo um tingui de tanga segurando uma machadinha um carijó vendendo balaios um cabeludo de bata pintada tocando violão uma adolescente de topete com camiseta I love NY uma mulher gritando borboleta 13 um homem grisalho com uma câmera na mão chupando bala zequinha uma amarela vestindo branco com um coração de cerâmica vermelho um dentista tocando violoncelo um cristo com uma coroa de espinhos de papel e um séquito de freiras o alcaide rodeado de seguranças e jornalistas e a mulher do vendedor de cachorro-quente, carregada com pacotes de vina.

Como eu a encontraria? Reconheceria pela foto da rede social? Quando a vi, entrei em choque. Diante dela, o sol se esconderia detrás da lua além dos sete minutos previstos do eclipse. Era mais deslumbrante do que na fotinho. Não sorria nem era falante como as outras mulheres. Eu queria exibir conhecimentos sobre astronomia. Ela foi mais rápida que uma chuva de meteoros e disse que gostaria de tirar uma foto em frente ao trem-fantasma. Tinha lembranças de passeios que fez, quando criança.

Quando eu era menino, lembro que o trem-fantasma ficava ao lado de atrações como a Monga, a mulher-gorila e a Casa dos Espelhos no Parque Alvorada. Eu e minha irmã, assustados e divertidos, assistíamos à metamorfose de Monga. Uma mulher bonita se transformava em horrível gorila. Depois, entrávamos na Casa dos Espelhos para rir de imagens deformadas. O passeio se completava com a volta no trem-fantasma. Com alguns minutos de viagem, um esqueleto caía sobre o vagão. Morcegos e aranhas saíam de frestas, envoltos por teias de aranha e fumaça negra. Em instantes, uma mulher com um corte de sangue sobre o rosto balançava do alto. Quando o trem saía do túnel, encontrávamos a mãe, segurando maçãs do amor.

Para ir ao trem-fantasma teríamos que nos afastar do lugar em que veríamos o eclipse. Seguimos em direção à fachada do trem. Ela fez pose para tirar fotos.

A lua começou a esconder o sol. Ouvimos os gritinhos da multidão, excitada. Eu disse: "Vamos voltar, vamos perder o eclipse." E ela: "Vamos entrar no trem? Será que os fantasmas e os esqueletos ainda estão lá?" "O trem está desligado", respondi. Sem dar tempo de reagir, ela me puxou pela mão até o túnel. Entramos e sentamos no trem, no escuro. Ouvimos mais gritinhos de excitação. Pelos meus cálculos, nesta hora a lua estaria devorando o sol.

No túnel, ela estava quieta, e eu, ansioso por perder o eclipse. Ouvimos cliques e a confraternização coletiva dos que se sentem irmanados pelos mistérios do mundo. Eu disse: "Vamos embora." Tentei pegar a sua mão. Ao tocá-la, senti um pêlo áspero. Algo que parecia um focinho. Meu coração acelerou, saí correndo.

O sol já estava encoberto, a multidão aplaudia. Fui me recuperando, intrometido no meio do povo para disfarçar o tremor. Enquanto a turba comungava, o sol reaparecia. Na penumbra, só eu vi algo sair do trem. Não era uma forma humana.

Olhei para o lago onde uma família de capivaras apascentava. Alguém ao lado comentou: "Que espetáculo!" Controlei o tremor das pernas. Reanimado, comecei a conversar com o desconhecido. Com o rabo do olho, vi a capivara que saiu do túnel do trem confraternizar com sua família à beira do lago.

Marília Kubota nasceu em Paranaguá, no dia 06 de abril de 1964. É mestre em Estudos Literários pela Universidade Federal do Paraná. Jornalista, começou a publicar ficção no jornal *Nicolau* (Prêmio Revelação, 1991). De 2005 a 2015 orientou oficinas de criação literária para a Fundação Cultural de Curitiba e outras instituições. Publicou os livros de crônicas *Que o só levante* (2023, ed. Arribaçã) e *Eu também sou brasileira* (2020, ed. Lavra), e os livros de poesia *a voz dos ares* (2023, ed. Lavra), parceria com Maria Valéria Rezende, com sumiês de Lúcia Hiratsuka, *Velas ao vento, Bicicletas Caiçaras* (postais) com fotos de Lauro Borges, *Diário da vertigem, micropolis, Esperando as Bárbaras*. Foi curadora das coletâneas *Um girassol nos teus cabelos – Poemas para Marielle Franco* (2018, Quintal Edições), *Blasfêmeas: mulheres de palavra* (2016, ed. Casa Verde), *Retratos Japoneses no Brasil* (2010, Annablume). Participa de 21 coletâneas no Brasil, Argentina, Portugal e Cuba.

NEVOEIRO

Paulo Venturelli

En el mar de la mujer
pocos naufragan de noche;
muchos, al amanecer
Antonio Machado

Como faço todas as manhãs, me levantei às cinco. Vesti o agasalho. Calcei os tênis. Dei uma passada de água no rosto. Abri a janela para conferir o clima.

O nevoeiro estava denso. As figuras da paisagem pareciam a plasticidade de um filme abstrato. Ah, Curitiba dos daltons – nesta cidade ninguém pode ser boêmio, muito frio.

Fui aos alongamentos, preparação para a caminhada. Ao abrir a porta, o nevoeiro estava granulado e pegajoso, razao para voltar à cama. Claro que não. É preciso manter a disciplina. Sabe como é. Corpo são, mente sã. Todos os dias correr até o Parque Bacacheri, no fim da rua Nicarágua, ou em seu começo, nunca conferi.

E todo dia aquele casarão de madeira não pintada me intriga. Quem mora ali, entre as árvores, atrás da grande janela que toma quase toda a parede da frente. Como saber? Em todos esses anos, a cortina cerrada. Hoje a novidade – havia luz acesa e a cortina estava aberta. Mesmo correndo o risco de atrasar meus exercícios, não resisti, fui dar uma espiada.

Para meu espanto, fico de cara com uma sala imensa, forrada de estantes do chão ao teto e com muitos livros. Me acheguei mais. As obras próximas à vidraça abordavam o tema do erotismo. Quem mora ali, por trás daquelas paredes, envolto por tantos volumes?

Não demorou muito para eu obter a resposta – mulher imensa entrou pela porta interna. Aquele tipo de dona definida por Valter Hugo Mãe como "mais um lugar, do que alguém". Enorme. Os peitos caídos, a barriga com muitas dobras, o monte de Vênus, bosque copioso. Ao sentar-se, as nádegas quase chegavam ao chão.

Fiquei siderado pela figura felliniana. Quem pode ser? O que faz? Aprumou-se na cadeira, abriu um caderno fora dos padrões, também gigantesco, e começou a escrever.

Bom, deixa a madame aí com sua tarefa que tenho minha corrida pela frente. Em geral, dou cinco voltas pelo parque ladeado por um bosque. A maior dificuldade é subir a colina que beira uma via rápida, ainda não muito movimentada àquela hora. A imagem da mulher além de qualquer proporção não saía de minha mente. Atrapalhou até o ritmo dos passos. Percebi estar ansioso. Sabe o quê? Reduzir a corrida uma vez não vai me trazer malefícios.

Resolvi me reaproximar do casarão e conferir um pouco mais o que a janela me revelava. Com pés de veludo, fui chegando ao local. A luz estava apagada. Mas o dia já se infiltrava entre as árvores, chegando ao cenário íntimo.

Então vi – a mulher estava deitada sobre o tapete e outro ser enorme, um cachorro, estava sobre ela. Peludo e com movimentos frenéticos copulava com a dona. Isso mesmo. A mulher transava com o animal. O espanto eliminou qualquer possível excitação minha.

Ignoro se fiquei enojado. Talvez não. O inesperado da cena deu fim a qualquer tipo de reação. Resolvi me retirar dali. Ela que se divertisse do modo que mais lhe agradasse.

Ao voltar aos meus passos, ouvi uma espécie de gemido rascante que vinha do lado direito da casa. Alguém ferido. Decidi verificar. A esta altura havia aquela claridade leitosa típica do inverno em Curitiba.

E outra perplexidade tomou conta de mim – uma pilha de cadáveres de cães. Sobre os corpos, um mais recente. Também um cachorro de dimensões respeitáveis, muitos pelos e não morto de todo. Ele apresentava um corte na garganta e parecia estar nos estertores finais. As quatro patas estremeciam. Seu olhar longo era um pedido de clemência. Sou daqueles que não podem ver animal sofrendo. Tenho mais piedade do que se for um humano. Este sabe dizer o que sente. E o bicho? Fica envolto no silêncio de sua dor só entrecortada de gemidos. Haja argúcia para deslindar seu sofrimento.

Argúcia que não me foi exigida porque logo percebi o ferimento na garganta. Vou ajudar o coitado. Ao chegar perto, ele grunhiu com certa violência. Acariciei seus pelos para me mostrar amigável. Ele se acalmou.

O que diziam aqueles corpos assassinados? A mulher dava fim a cada amante? Por qual razão?

Tomei o cachorro no colo – não pesava muito apesar do tamanho – e vim andando até meu apartamento. Coloquei o infeliz no chão de lajotas da cozinha e resolvi fazer um curativo que ao menos sanasse em parte seu sofrimento. Notei o sangue em meu agasalho. Problema para depois. Assim que dei conta da tarefa, o cão adormeceu. Só que seu repouso não demorou muito – ele passou a ter convulsões. O corpo todo se abria em novas feridas. Peste? Envenenamento?

Desci para jogar o corpo na lixeira. Então vi que a mulher seguira o rastro de sangue e vinha em minha direção. Estava com um avantajado vestido indiano de estampa berrante. Trazia na mão esquerda algo que brilhava. Não permaneci ali para conferir o que era. Me isolei no apartamento. Fui fumando um cigarro até a porta da sacada. A mulher ainda estava por ali. Rondava a quadra, examinava o prédio. A mão livre de vez em quando a arranjar os cabelos grisalhos.

Fui ao banho. Eu estava atordoado. Sequer pude enfrentar meu café da manhã sempre muito balanceado. Corpo são, mente sã, você sabe como é.

A névoa dissipada de todo. Os contornos do bairro Bacacheri voltam à vida. Um sol melado pinta as residências de amarelo-febre.

Minha primeira aula de hoje seria sobre o amor na literatura contemporânea. Estou perturbado. Não sei como organizar a mente. A mente nublada. (Outono/23)

Paulo Venturelli é Doutor em Literatura Brasileira pela USP, professor da UFPR e autor de diversos romances, livros de contos e de literatura infanto-juvenil. Obteve o segundo lugar no prêmio Jabuti com o livro *Visita à baleia*, de 2012, publicado pela editora Positivo.

O CASO DAS PESSOINHAS

Thiago Tizzot

Como um grão de areia que tenta passar pelo espremido espaço de uma ampulheta. Era a sensação que ele sentia enquanto andava por entre as barraquinhas que tomavam as ruas e calçadas. Algumas pessoas andavam decididas, buscando por algo específico. Porém a vasta maioria vagava sem direção, imprevisíveis em sua jornada em busca de coisas que na realidade não precisavam.

Todo domingo as pessoas se reuniam naquelas ruas que durante a semana ficavam desertas e até perigosas. Mas domingo parecia que as barracas de metal e lona criavam um escudo contra os problemas urbanos e o local se tornava um paraíso para comprar coisas. Badulaques, bolachinhas e lembranças de uma cidade que teima em não se levar a sério.

Ele queria estar ali incomodado pela luz do sol e com dificuldade para se locomover porque não gostava das manhãs, como seus personagens favoritos, mas adorava as manhãs. Sabia que era o período do dia que se sentia melhor e mais produtivo. Por um tempo pensou até em começar a correr, mas desistiu, seria um exagero.

Pegou a pequena estátua de epoxi do seu bolso e olhou por um instante. Era bem diferente das que estavam sobre as bancadas. Com certeza de um outro tempo. Sem muitos detalhes, dava para ver as marcas dos dedos que apertaram a resina e as cores gritantes que lembravam as de canetinhas vagabundas. Principalmente o vermelho do gorro.

O cheiro de fritura lhe deu vontade de pedir um pastel, apesar da fila inesperada que seguia por quase uma quadra inteira, decidiu encarar. Enquanto esperava tentou organizar suas ideias. Ainda sentia um estranhamento quando lembrava que estava ali para resolver um caso. Tinha um cliente, de verdade. Não um dos mistérios que cruzavam o caminho dos seus detetives favoritos, algo que acompanhava na TV ou nos livros. Era algo real que acontecia enquanto esperava na fila para o pastel. Precisava pensar: o que eles fariam? Claro que os seus preferidos eram de outros tempos, sem celular ou internet, mas isso era uma adaptação trivial que precisaria fazer. O que importava era o raciocínio, os caminhos que aquelas mentes privilegiadas faziam para chegar até a solução.

Examinou a pequena estátua mais uma vez. Vestia um uniforme, de algum tipo de fábrica, as letras desgastadas pelo tempo, impossível ler qualquer nome. Talvez fosse um beco sem saída.

A conversa, não tinha coragem de chamar de reunião com o cliente, estava marcada para um café na XV. Chegou cedo, ainda pensando no que falar, como se portar. Se deveria ficar sério ou relaxado, numa tentativa de demonstrar uma segurança que não tinha. Mordiscava os lábios e olhava todo instante para o relógio.

Em uma das lojinhas que se apinhavam ao longo da rua, viu uma pelúcia do homem-aranha. Sabia como ele surgiu: uma picada de um bicho radioativo ou algo semelhante e pronto, estava subindo pelas paredes e prendendo os vilões em suas teias. Mesmo não sendo fã, sabia como todos aqueles heróis ganharam seus poderes. Mas os detetives não, nas histórias eles sempre eram incríveis e conseguiam resolver os casos por mais complexos que fossem. Como gostaria de ter lido uma aventura do jovem Spade ainda aprendendo a ser o detetive perfeito.

— Desculpe o atraso. — Ele sentou-se na cadeira da frente e estendeu a mão. — Jorge.

Estava um pouco úmida e quente e logo depois de terminado o cumprimento usou o álcool gel que persistia sobre a mesa.

— Raimundo — respondeu também espremendo a garrafinha transparente sobre a mão.

Ficaram em silêncio, os dois sem saber como lidar com o outro.

— O que posso fazer por você? — Não gostou daquela frase, precisaria melhorar para a próxima. Que otimismo, achava que teria uma próxima.

— Então... — Jorge pensou um instante. — Foi a Ivete que te recomendou, sabe? Daquele café na galeria ali. — Apontou para uma direção.

— Sei, claro. — Na verdade, não lembrava.

— Pois é, ela já me ajudou antes, mas agora estava sem tempo.

O cara remexeu no bolso da japona e colocou sobre a mesa uma estátua pequena. Uma pessoinha vestindo uma espécie de uniforme feita de epóxi. Ficaram encarando o objeto e agora ele se sentiu dentro de uma das histórias que tanto gostava. Um artefato estranho, esdrúxulo até, que desencadearia uma série de acontecimentos incríveis. Era perfeito.

Pediram dois cafés, pão de queijo, e Jorge esperou o garçom se afastar para explicar o caso, se é que poderia assim ser chamado.

— Eu nunca conheci meu pai. — O que para alguém poderia ser uma frase difícil de se dizer, para ele soou quase sem nenhum peso. — Minha mãe nunca disse uma palavra, eu também não me interessava. Se ele nos abandonou que se danasse. Eu não ia ficar atrás, remoendo o que ele fez.

Chegaram os cafés e a comida.

— Teve só uma vez, eu era pequeno e a coisa não tava fácil para a minha mãe. — Um gole e uma mordida. — Ela foi atrás do cara, pedir uma ajuda. Não sei o que aconteceu, se ela realmente encontrou ele ou não, tudo que eu sei é que ela voltou com essa coisa feia. — E apontou para a sorridente pessoinha sobre a mesa.

— O tio, compra uma balinha hoje pra ajudar lá em casa?

A caixa com as balinhas coloridas chacoalhava entre eles. Jorge mexeu no bolso e tirou uma nota de dois que colocou na caixa e pegou um pacote de bala. O menino voltou suas atenções para a próxima mesa.

— Não suporto ver criança com fome — justificou-se antes de matar o café e meter todo o pão de queijo na boca. — Desculpe — falou de boca cheia e coçou a cabeça. — Isso ficou guardado no armário da minha mãe toda uma vida e agora que ela faleceu…

A voz sumiu e Jorge ficou olhando para o chão com as sobrancelhas levantadas.

— Sinto muito, meus pêsames.

Agradeceu com um aceno e depois que o ritual estava terminado, voltou ao caso.

— Então, achei isso arrumando os armários, sabe, uma tristeza mexer nas coisas dela, uma dor doída, mas temos que seguir em frente né.

— É claro.

— Eu tinha esquecido completamente disso, nem imaginava que ainda estava guardado. E eu não tenho interesse nenhum no cara, veja bem, mas o que passa é que você gasta um dinheirão com esse negócio de enterro. Funerária, flores, coveiro, padre e uma lista que não acaba mais e minha tia sempre disse que meu pai — fez um sinal de aspas com os dedos — tinha muito dinheiro. Já que ele não ajudou na vida, que ajude na morte.

Intriga familiar, dinheiro, um objeto estranho. Era tudo que ele poderia pedir para um primeiro caso. Tentou conter o sorriso e a animação, afinal Jorge tinha acabado de perder sua mãe, que descanse em paz, mas aquilo era bom demais.

— Você sabe o nome, ou alguma outra informação sobre ele?

— Minha mãe era uma mulher forte, enérgica, se ela determinava que um assunto era proibido, ninguém ousava desafiar. E é como te disse, nunca tive interesse, não existia motivo. Minha mãe, sábia como era, repetia "quem não nos quer, não merece palco", e o assunto tava encerrado.

— Só tem de carne com azeitona e calabresa. — A moça dentro do carro transformado em pastelaria suava.

— Pode ser de calabresa. — Guardou a pessoinha no bolso.

A moça entregou um pacote de papel quase transparente de gordura. No caixa, viu uma senhora de toca, cabelos brancos presos com grampos e um olhar simpático, mas desinteressado. Atrás dela, amontoadas em uma pequena prateleira de metal, inúmeras pessoinhas. Médicos, engenheiros, dentistas, veterinários, professores, todos olhando para ele com seus olhos redondos. Não podia acreditar em sua sorte.

Sorte? Talvez não, afinal ele foi até ali porque acreditava que encontraria uma pista sobre a estátua, e olha só, tinha encontrado. Não era sorte, era o seu raciocínio trabalhando.

— Desculpe, senhora, o que são estes bonequinhos?

Ela demorou um segundo para compreender. Acostumada a fazer o mesmo movimento e dizer as mesmas palavras, recolheu a mão que receberia o pagamento, piscou os olhos e sorriu.

— São meus companheiros — falou com orgulho —, presentes que ganhei por servir o melhor pastel da feira.

— E a senhora lembra quem fez cada um deles? — Arriscou.

— Todos, não. — Ela pegou um deles na mão. — Alguns, muito bem. Mas quem fez sempre deixa sua marca. — Ela o guardou na estante.

— Saberia dizer quem fez este? — Ele tirou do bolso o operário e entregou para ela.

Ela fez um longo *hummm* examinando a base da estátua e depois assentiu com firmeza.

— Foi o Bento. — Ela o devolveu, satisfeita.

— Ele ainda está por aqui? — Ouviu a bufada impaciente do cara de trás da fila.

— Lá embaixo, perto da Casa da Poesia. — Ela estendeu a mão para receber o pagamento.

— Obrigado. — Ele deixou uma nota com ela.

— Volte sempre. — A senhora voltou à sua rotina. — Próximo.

O gosto da calabresa era forte, quase sumia diante da potência da gordura. Mas achou o pastel gostoso. Estava satisfeito, conseguiu uma informação que poderia ser crucial para o caso.

Caminhar era um ziguezague sem fim. As barraquinhas se espalhavam por quadras e mais quadras, as pessoas se espremendo para ver uma camiseta com o desenho de uma capivara ou bolachinhas feitas pela avó de alguém.

A rua se abria em uma pequena praça, o cheiro de comida era intenso, duas portinhas estreitas e uma placa presa entre elas: "Casa do Poeta". Imaginou que fosse ali. Procurou nas barracas em volta, mas por ali parecia que eram apenas de comida. Sentiu o aroma de uma torta de maçã e quase foi lá buscar, mas a calabresa ainda pesava na barriga.

Uma escada levava para um tipo de passarela subterrânea, e seu instinto, guiado pelos anos vendo filmes em preto e branco, indicou que era óbvio que Bento estaria ali. Nas sombras, longe do movimento, escondido das pessoas que levam suas vidas sem perceber os perigos que espreitam nos becos.

Seguiu para aquele caminho improvável, mas antes de alcançar o primeiro degrau percebeu uma mesa, na verdade, uma porta antiga apoiada sobre duas caixas de plástico daquelas de feira que se usa para levar frutas ou legumes. Sentado em um banquinho dobrável, um simpático senhor com um gorro de lã vermelha apesar do calor. Sorria e era impossível não se lembrar de um papai noel de férias.

Sobre a mesa, um desfile de pessoinhas, sempre na mesma pose, com pequenas variações da cor de suas roupas e dos objetos que carregavam. Bento.

Engoliu a última mordida da torta de maçã – não resistiu e no caminho tinha comprado um pedaço –, e foi em direção a resposta de seu enigma.

— Bom dia para você. — O sorriso revelou os dentes amarelados como a barba.

— Bom dia, senhor. — Ele olhava com interesse as pessoinhas, não tinha dúvidas, eram iguais a que estava em seu bolso.

— Ah, vejo que você se interessou pelos meus pequenos trabalhadores. — Afagou a barba duas vezes. — Vamos pensar aqui qual seria o ideal para você.

Analisou-o por uns segundos, espremendo os olhos como se isso fizesse enxergar algo que ninguém mais poderia ver.

— Certo, já te saquei. — A mão sobrevoava a pequena multidão. — Aqui está.

Puxou com cuidado uma das pessoinhas, tinha uma roupa cinza e na mão levava uma enorme lupa.

— Um detetive. Você me parece muito observador e perspicaz.

Recebeu o pequeno detetive em suas mãos e não conteve um sorriso, determinou que era um belo elogio.

– Seriam quinze reais, por favor. — Bento esticou a mão esperando o pagamento.

Enquanto pegava o dinheiro no bolso, se enganava dizendo para si que compraria por que seria uma bela lembrança do seu primeiro caso – na verdade, comprava porque Bento foi certeiro em seu elogio e, como bom vendedor, sabe que ninguém resiste ao elogio certo.

Depois que o pequeno detetive estava devidamente embalado em um saquinho de papel e guardado em seu bolso, ele sabia que seria mais fácil pedir algo.

— Você tem um bom olho — ele disse procurando a pessoinha em seu outro bolso —, e é exatamente isso que eu estou precisando agora. Sabe, estou procurando quem fez este pequeno trabalhador.

Revelou a Bento a inusitada estátua.

De todas as reações que imaginou, passando pela otimista, em que Bento diria ser o criador e teria todas as respostas, até a que ele seria apenas mais um beco sem saída, aquela risada era algo para qual Raimundo não estava preparado.

Uma risada alta, transbordando uma alegria genuína que poucas vezes ouviu. Bento segurava os joelhos e se curvava para frente. Com dois passos, contornou a mesa improvisada com as dezenas de pessoinhas e abraçou o detetive.

— Eu sabia que um dia você ia me encontrar, meu filho.

Foi tão inesperado e sincero que ele retribuiu o abraço do velho artesão e assim ficaram.

Thiago Tizzot nasceu e vive em Curitiba. É escritor, editor, livreiro e fazedor de livros. Publicou no Brasil, França e Espanha. Entre seus livros estão *Esqueletos que Dançam* (2020, ed. Arte e Letra) e *A Sombra da Torre* (2022, ed. Arte e Letra).

DEADLINE

Vanessa C. Rodrigues

Era 25 de junho de 1988 e Armelinda se preparou com mais esmero do que o costume para ir ao trabalho naquela manhã. Ficou alguns minutos indecisa entre seu casaco de sempre, adequado para protegê-la do frio, e um blazer azul-marinho que recuperou do fundo do armário. Entre o conforto térmico e a elegância inabitual, Armelinda optou pelo casaco batido. Era uma mulher prática.

Armelinda era uma mulher prática como costumam ser as mulheres que vivem só, que há tempos já enterraram os pais, quase não veem os irmãos e que não mantêm hábitos ociosos coletivos. Ela vivia em um pequeno apartamento perto do centro, a exatos 754 metros do edifício onde trabalhava e a meio caminho para o supermercado, a farmácia e a locadora de videocassetes. Se alguém a tivesse visitado, fato que jamais ocorrera, se depararia com um espaço sem qualquer indício de personalidade, nenhum quadro, nenhum enfeite, nada de adornos ou bibelôs, apenas o essencial para que Armelinda tivesse alguma satisfação noturna – um sofá mais ou menos macio, uma televisão em cores bem sintonizada e uma radiola adormecida que, vez ou outra, girava ao som de coletâneas de musicais antigos. Armelinda, reiteramos, era uma mulher prática e ficava em paz com o mínimo.

Acontece que no dia 25 de junho de 1988, Armelinda seria condecorada com uma pequena placa de metal fixada em um estojo de veludo azul na qual estaria gravado seu nome completo, os números que indicavam o ano corrente, e a frase *Parabéns pelos 20 anos dedicados à família Mueller* em um jantar dançante no bairro italiano ao qual não levaria nenhum convidado. Pelo menos era isso que estava anotado em sua agenda e no calendário pendurado na porta da cozinha: um círculo ao redor do dia 25 e a anotação, a lápis, na agenda: jantar dos Mueller, 20 anos, 19 horas.

Armelinda gostava quando tudo se desenrolava conforme o planejado e, por isso, evitava qualquer aventura. A rotina, os hábitos repetidos, uma vida solitária e sem grandes movimentos eram fundamentais para manter o controle da situação. A vida podia até ser morna e sem graça, mas estava sob seu controle.

Controle, aliás, era seu ofício. Armelinda controlava o estoque da fábrica, a logística dos materiais e dava uns pitacos na organização do escritório do centro. Tudo era feito manualmente, em grandes livros que se acumulavam nos arquivos da repartição, sem qualquer rasura, sem nenhum erro. Armelinda era uma peça importante na engrenagem que enriquecia os Mueller, mas discretíssima. A função que ocupava era invisível quando feita com esmero e capricho. E isso, você sabe, eram adjetivos que a descreviam muito bem.

Nunca concordou em ter ajudantes. Nas poucas vezes que tentaram empurrar um jovem sem experiência, ela refazia o trabalho todo, à noite, enquanto assistia ao capítulo da novela. Seu cuidado em trocar as páginas refeitas era cirúrgico, ninguém jamais soube dessa sua ocupação extra. Depois de um tempo, os ajudantes mesmo pediam para ser transferidos de departamento, ou mesmo demitidos, exaustos de tédio e de tantas horas desocupadas. Em determinado momento, ninguém insistiu mais nisso. Armelinda dava conta, com excelência, era discreta, não falava quase nada, enfim, era relevante, mas na exata medida daquilo que é esquecido com o tempo. Seus movimentos eram peristálticos: essenciais para a fisiologia da empresa, mas imperceptíveis.

Apesar do titubeio em escolher o casaco, Armelinda chegou no horário de sempre para abrir o escritório, ou seja, duas horas antes de bater o ponto. Fez um chá calmamente, levou a xícara à sua sala e abriu o inventário no qual trabalharia naquele dia até dar a hora de ir ao restaurante.

Estava tudo tranquilamente em ordem e silencioso. Mas logo começaram a chegar seus colegas, reclamando do ônibus, arrastando cadeiras, reclamando do frio. Logo os telefones também começaram a tocar, a rua lá fora ficava mais barulhenta e enfim o dia do restante da humanidade começaria duas horas depois do dia de Armelinda. A pequena balbúrdia, no entanto, não a afetava justamente por ser esperada.

Mas sem ter a intenção, ela entreouviu um assunto novo. E novidades incomodavam Armelinda. Alguns colegas falavam sobre uma tal de informatização, automação de processos, de futuro, de mudança no mundo. Mesmo sem entender do que se tratava, Armelinda passou o dia com medo dessa promessa apocalíptica de progresso. Foi a primeira vez que ela trocou um número enquanto fazia suas anotações – o erro inédito só podia ser um mau agouro.

Às 20 horas, sentada em uma mesa redonda cheia de pratos sujos, ossinhos delicados de asas, talheres engordurados, guardanapos encardidos e copos meio vazios, Armelinda olhava seus colegas dançarem e se servirem de mais vinho doce. Seu Fred, o presidente da firma, parecia ainda mais baixo com aquele terno desproporcional e, como se não bastasse, andava para lá e para cá ao lado de um homem alto, bem apessoado, com uma tez estrangeira, mas não como são estrangeiros os colonos. O homem que perambulava com o chefe de Armelinda tinha uma expressão da América.

A banda parou de tocar no meio de uma canção e seu Fred abaixou o microfone à sua altura, deu três batidinhas para testar o som e começou um longo e soporífero discurso, como fazia todos os anos. Mas, ao final, ele apontou para o gringo e disse:

— E esse moço aqui veio de Nova York para nos ensinar a mexer com o computador! Podem aplaudir, pessoal. Isso mesmo, a Mueller Fundições vai finalmente entrar na era da informática, tudo será automatizado, das vendas até o controle de estoque.

Um burburinho tomou conta do lugar, que virou uma algazarra, muita gente comemorou, outras pessoas pediam mais música, os garçons trouxeram um champanhe para o palco, e seu Fred fez um brinde ao progresso, a banda retomou seus lugares, e ao som de Rádio Táxi, Armelinda ficou esquecida em sua mesa, sozinha, segurando a bolsa sobre as pernas unidas, enquanto ecoava em sua cabeça as últimas palavras do presidente: até o controle de estoque, até o controle de estoque, até o controle de estoque.

Ninguém percebeu que Armelinda saiu do salão um pouco atordoada. A festa tomou um rumo inesperado, e isso já a deixaria desnorteada. Mas a notícia de que seu trabalho seria afetado diretamente por causa da intervenção daquele estrangeiro bonitão e arrogante foi demais para ela aguentar. Ela precisava urgente voltar para casa. Pelo menos lá, tudo estaria exatamente como ela esperava.

E ainda com os miolos mexidos pelo fluxo do futuro, Armelinda dirigiu-se até o estacionamento onde, surpreendentemente, ela avistou o tal Greg, o gringo, que fumava um cigarro segurando uma taça barata de vinho ruim. Armelinda parou de repente de caminhar exatamente na frente de Greg, segurava a chave do carro apontada para ele, como uma ameaça, mas sem se dar conta disso. Foram alguns segundos de silêncio um tanto desconfortável até que ele falou, com um sotaque carregado:

— A senhora já ir?

— Armelinda.

— *What*?

— Armelinda, não Jair.

— *No, no,* digo a senhora já ir embora?

— Sim.

— Não gostar da festa?

Armelinda não respondeu e foi em direção ao seu carro. Até que o gringo, com um tom de voz um pouco acima, disse:

— A senhora por acaso ir ao centro? Estou *tired,* gostar de dormir cedo hoje, amanhã vou no *office* conversar com os funcionários. Estou no Bourbon, *you know*?

Armelinda jamais tinha oferecido ou aceitado dar carona, talvez nunca tenha aberto a porta do passageiro. Mas ela voltou-se e, inesperadamente, confirmou com a cabeça que sim, daria a carona.

— Oh, muito *thank you*, a senhora é muito gentil. E *sorry my portuguese, ok*?

Greg entrou no carro, sentou-se apertado no banco da direita do fusca e tagarelou no dialeto *mezzo* português incorreto com pitadas de inglês por uns dez minutos. Armelinda não movia o rosto, não tirava os olhos da estrada e seguia, a quarenta quilômetros por hora, se muito, o caminho. Mas não era o caminho habitual.

O caminho pelo qual aquela dupla seguia dentro de um fusca ocre marajó era estranho para Armelinda, não porque não ia a restaurantes no bairro italiano, mas porque ela não estava voltando para casa. E o gringo não fazia ideia do caminho e não estranhou nada. Além do mais, estava um tanto embriagado, ainda no contratempo do *jet leg* e, passada a euforia do monólogo inicial, a entediante companhia de Armelinda, o frio e o vinho barato, encostou a cabeça na janela do carro e, apesar dos solavancos, ou por causa deles, caiu num sono pesado.

A desordem de sua vida despertou alguma coisa que Armelinda nem sabia que estava dentro dela e, meio sem ter plena consciência, ela seguia por um caminho ermo, muito vazio, até que percebeu que a estrada os levaria à velha casa do Tobias. Tobias foi seu único amigo próximo, que havia morrido há dois meses, de velhice mesmo. Era irmão de seu avô, de quem cuidou por um tempo. As chaves ainda estavam em seu porta-luvas.

Há muitos hiatos nessa narrativa, de modo que não se sabe como aquela pequena senhora de meia-idade desatarraxou um estadunidense de dois metros de altura do fusca, o levou até o quarto onde o velho Tobias tinha morrido e o amarrou na cama com uns lençóis, onde ficou por muitos dias.

O que se sabe é que na segunda-feira os funcionários que chegavam às oito estranharam que o escritório estava trancado, mas resolveram o caso sem alarde. Armelinda jamais tinha faltado no serviço, mas disso eles nunca se deram conta. E tudo ocorreu como de costume pela manhã: o frio, o ônibus, as fofocas da festa, os telefones começaram a tocar e todos estavam ocupados de seus afazeres que enriqueceriam ainda mais a família Mueller. Na terça-feira, Armelinda chegou no horário de sempre, às 6 da manhã, fez seu chá, abriu o livro de contas, trabalhou o dia todo, pegou a bolsa, o casaco de sempre, foi até seu prédio, mas em vez de subir, pegou as escadas para o estacionamento, ligou o fusca e dirigiu os mais de 50 quilômetros até a casa do Tobias, ou o cativeiro onde estava Greg, agora imobilizado com mais esmero. Armelinda era caprichosa em tudo o que fazia. Uma fita o impedia de falar, mas ele se mexia muito cada vez que ouvia a chave girar na porta da frente. Depois, era o barulho de uma televisão chiando mal sintonizada em um programa de variedades, mas com um volume bem baixo, nada se ouvia além da chaleira fervendo água e o barulho de páginas virando. Nove horas da noite, Armelinda desligava as luzes, a televisão, girava a chave do lado de fora e voltava para o centro. Isso aconteceu exatamente da mesma maneira por mais alguns dias.

Na quinta, os colegas do escritório, enquanto arrastavam as cadeiras, penduravam os casacos e se serviam de café comentaram:

— E o gringo, hein? Era tudo balela do velho?

— Ah, Adenor, você ainda acredita naquele homem? Fez o que fez para despistar a gente da conversa do sindicato. Um nojento, credo.

Armelinda parou de respirar por uns segundos. Mas como tudo seguia na rotina de sempre, não pensou mais nisso. E mais uma noite se desviou em direção a sua nova rotina.

Na sexta, Armelinda parou em uma panificadora para comprar um pão na chapa e um pingado (a rotina estendida até a casa do Tobias a deixou sem mantimentos). A televisão estava ligada no jornal matinal e...

O engenheiro Gregory Sams ainda encontra-se desaparecido e não há pistas de seu paradeiro. O norte-americano, funcionário da maior empresa de informática da América, teria vindo ao Brasil a negócios, mas não entrou mais em contato com colegas e famíliares. O caso está sendo encaminhado ao

Ministério das Relações Exteriores, segundo informa o cônsul. Rumores dão conta de que o FBI vai assessorar a Polícia Federal brasileira.

A foto ao fundo da âncora do jornal não deixava dúvidas. Armelinda era agora uma criminosa internacional. Ela deixou cair seu café no balcão, que escorreu em sua calça e começou a pingar no chão. Sem se dar conta, levou uma bronca do homem que estava no caixa da padaria, mas ela não se mexeu. A situação saiu mais uma vez do controle, só que agora a encrenca era muito pior.

Em vez de ir ao escritório, Armelinda parou em uma esquina um pouco afastada e, ofegante, se sentou para pensar. Levantou-se e foi em direção ao orelhão.

— *Quem é?*

— Bom dia, Mateusinho, é a Armelinda.

— *Quem?*

— Armelinda, eu cuidava do teu vô, o Tobias.

— *Armelinda?*

— É, viu, você ainda trabalha no frigorífero do Dom Joaquim?

— *Mas que Armelinda?*

— Escute, preciso falar meio ligeiro, a ficha está caindo. Olhe, eu preciso de um favor.

— *Armelinda, Armelinda...*

— Mateus, escute! Eu sei que você está encrencado com uma dívida lá com o pessoal do jogo do bicho e...

— *Ei, espere, foi o Saulo que mandou você ligar, porra, ele sabe que eu tô tentando, ei, me diga a verdade, o Saulo ele...*

— Não, não sei quem é Saulo, me escute, rapaz. Eu sei que você está encrencado com uma dívida com o pessoal do jogo do bicho, seu avô morreu preocupado com isso. Eu posso te arrumar o dinheiro.

— *Como assim?*

— Te dou o dinheiro hoje mesmo, depois das dezoito horas, ali na frente do edifício Mueller, na avenida.

— *Me dar o dinheiro? É muita grana, senhora, você não sabe do que está falando.*

— Pelas minhas contas, considerando os juros compostos e estapafúrdios com os quais os agiotas trabalham, hoje sua dívida deve estar na casa dos 350.245,86 dólares.

— *Eu tô fodido...*

— Eu tenho esse dinheiro. Às dezoito horas está na sua mão. Leve uma valise e me encontre na frente do Mueller.

— *A troco do quê?*

— Você ainda trabalha no frigorífico do Joaquim ou não?

— *Sim, trabalho.*

— Que horas vocês abrem?

Eram sete da manhã e Armelinda chegou a tempo de abrir o escritório antes dos colegas. Ouviu uns comentários sobre a notícia do gringo, mas que logo se dissolveram entre os barulhos dos telefones e das máquinas de escrever. Armelinda abriu o livro do inventário e seguiu trabalhando. O corpo do gringo nunca foi encontrado e, como esperado, o caso foi esquecido por todos.

Senhor Fred continuava a enriquecer. E seu escritório manteve ainda por muitos anos os velhos processos. Armelinda só foi ver uma planilha eletrônica quando já estava aposentada. Morreu de velha, como o Tobias, exatamente como ela planejara.

Vanessa C. Rodrigues é editora e escritora. Publicou os livros de poemas *Noturno e Cinza* (2015, ed. Medusa), *Corpo Outro* (2018, ed. Barbante) e o romance *Anunciação*, reeditado pela Arte & Letra em 2020. Integrou também coletâneas de poemas e de contos e publica ensaios no Jornal Rascunho.

Este livro foi produzido no Laboratório Gráfico
Arte & Letra, com impressão em risografia
e encadernação manual.